眠れる聖女の望まざる婚約

目覚めたら、冷酷皇帝の花嫁でした

秋月かなで

21141

角川ビーンズ文庫

Contents

眠れる聖女の望まざる婚約
目覚めたら、冷酷皇帝の花嫁でした
アシュナード
プレストリア帝国の若き皇帝。『血も涙もない黒翼帝』『簒奪帝』と呼ばれる。
シルヴィア
世界を救った『冬薔薇の聖女』。なぜか目が覚めたら政略結婚させられていた。

Characters

ハーヴェイ

シルヴィアの養父。
上級神官。

パリス

シルヴィアを信奉
する神官。

ゴルトナージュ

教国の枢機卿。名門
貴族の出で厳格。

ルドガー

アシュナードの側近。

Word

瘴魔　世界に満ちる穢れの具現。黒い獣の姿をしている。増えすぎて世界がおかしくなった時、唯一、聖女が命をかけて行う『封印の儀』だけが世界を救える。

本文イラスト／北沢きょう

序章　薔薇の褥で眠る君

――その国には、眠り続ける乙女がいる。

天へと伸びる尖塔を抱えた、石造りの大聖堂。硝子窓から差し込む光が、祭壇の薔薇をほの白く照らし出す。純白の薔薇に埋もれるように、少女が一人、祭壇の聖櫃に横たわっていた。

柔らかな頰、淡く色づく唇。薔薇の香りに包まれた、長く艶やかな金の髪。閉ざされた瞳は夢見るようで、時折、呼吸のわずかな動きを受け、繊細なまつげが光を弾き煌めいた。

あえかな寝息が薔薇の花を揺らす他、動くものは何も無い静寂。

――そんな薔薇の褥に、その日は黒い色彩が紛れ込んだ。

硬質な靴音を鳴らし堂内を進むのは、黒髪に黒の軍服を纏った、長身の若い男だ。

眠り続ける少女を覗き込み、男は動きを止めた。

指を伸ばし頰に触れ、言葉を零し瞼をふせる。動揺か、後悔か、あるいはそれ以外の何かか。

かすかな揺らぎは、しかし再び覗いた瞳には見受けられなかった。感情の無い面で、猛禽のごとく金の瞳で、男は冷ややかに唇を開いた。

「おまえが、私の花嫁か」

白く、白く、音も無く。

世界を白で覆いつくすように、聖都イシュタリアの空を雪が舞う。

風に躍る雪片が、石造りの聖堂の回廊へと迷い込む。白銀の欠片を受け止めたのは、雪と見まがうほどに白く滑らかな、ほっそりとした指先だった。

処女雪の肌に、柔らかく揺れる金の髪。少女——聖女シルヴィアは、銀青の瞳を、降りやまない雪空へと向けた。

「暦の上では、もうとっくに夏ですのに……」

白い息を吐き出し、シルヴィアは眼差しを暗くする。

指先の雪は儚く溶け消えたが、心の中の憂いは消えないままだ。

芯まで冷える寒気に、小さく身を震わせると、背後で控える女神官がくしゃみをした。

「っ、くしゅんっ!!」

「あら、大丈夫ですか？」

「ご心配ありがとうございます、聖女様。急に寒くなったので、体がついていかなくて」

「そうでしたの。でしたら、これを羽織っていてください」

肩にかけていたショールを差し出すと、女神官が慌てて首を振った。

「そんな、受け取れません。聖女様の御身を冷やすなど、恐れ多いです」

「私なら構いません。少し歩けば、暖められた大聖堂につきます。枢機卿様たちとの話し合いの間、そちらを預かっていてもらえると、私も助かりますわ」

シルヴィアは柔らかく微笑んだ。ショールを女神官にかけ、回廊を歩き出す。

女神官も、やはり寒さは辛かったのだろう。恐縮しつつ、ほっとした様子を見せていた。

「……ありがとうございます、聖女様。大切に預からせていただきますね」

「お願いします。話し合いは長引きそうですから、暖かい部屋で待っていてください」

「そうさせていただきますね。長引くということは、議題はやはり、ここのところの不穏な天候に関してでしょうか？」

「ええ、きっとこの雪は、増えすぎた瘴魔の影響でしょうから」

シルヴィアは憂いをのせ、降りやまない雪を見つめた。

――瘴魔は、世界に満ちる穢れの具現とされている。黒い四足の体躯に、爛々と輝く真紅の瞳、瘴気を吐き出す鋭い牙。人を襲い、地に数が増えれば、天の気象さえ狂わせることになる。ここ数年は嵐や干ばつが続き、ついには季節の巡りさえおかしくなり始めていた。

「今日の話し合いは、きっと長くなります。私が行わせていただく封印の儀と、儀式の実行後の対応について、詳しく話し合うつもりですから」

「封印の儀……」

シルヴィアの言葉を反芻するように、女神官が呟いた。

瘴魔を消し去り、狂い始めた世界を救う唯一の手段、それが聖女による封印の儀だ。

封印の儀にあたっては、術者の安定した身体状態が望ましい。シルヴィアは先月、十七歳になったところだ。成長期を終えた肉体は成熟し、儀式の準備は滞りない。だが――

「シルヴィア様は、怖くないのですか……？」

女神官が、恐る恐るといった様子で問いかけた。

「封印の儀は、術者の……シルヴィア様の命と、引き換えに成立すると聞いています」

「少し違います。私は、深い眠りにつくだけですわ」

「覚めない眠りは、死と変わりありません。過去に封印の儀を行った聖女の方々は、目覚めませんでした。数十年眠り続け、一度も起き上がることなく息を引き取ったと聞いています。シルヴィア様は、それが恐ろしくはないのですか？」

「……怖くないと言ったら、嘘になります」

シルヴィアは雪空から視線を戻すと、じっと女神官を見つめた。

「でも、逃げることなどできません。私こそが、冬薔薇の聖女なのですから」

瘴魔と異常気象に怯える、凍える冬のごとき暗い世界。

そんな世で、類いまれなる聖力で瘴魔を浄化するシルヴィアは、冬の寒さにも負けず花を咲かせる、冬薔薇の聖女と称えられていた。

そして大輪の薔薇が咲き誇るには、多くの手間と金銭が必要でもある。

「私が飢えることなく、こうして美しい衣をまとっていられるのも、全ては瘴魔の浄化能力を見込まれてのこと。私に与えられた恵みと期待を、裏切ることなどできません」

シルヴィアが封印の儀を拒絶すれば、大陸にはびこる嘆きは大きくなるばかりだ。

「だから私は、迷いませんわ」

まっすぐな瞳で言い切ったシルヴィアに、女神官は自然と頭を垂れた。

――自らの未来全てを差し出すことさえ厭わない、献身の聖女。

シルヴィアの宣言のとおり、封印の儀によって世界は救われ、引き換えに彼女は眠り続けることとなったのだが――

――どうやら自分は死んで、天の御園――死後の世界にたどり着いたらしい。

瞳を開いて真っ先に飛び込んできた男の姿に、シルヴィアはそう結論付けることにした。

（驚きね。こんな綺麗な顔の持ち主がいるなんて、さすがは天の御園ということかしら……）

芸術品を鑑賞するような心持ちで、ぼんやりと男を見る。

艶やかな黒髪が額へ流れ、高く通った鼻筋の下で、形よい唇が引き結ばれている。切れ長の瞳は金で、背筋が震えるほど深い色をしていた。わずかに目を見開き無表情なのが気になるが、顔の造作は瑕疵一つ見られず、氷から削り出された彫像のように整っていた。

（天の御園の住人は、みな麗しい姿をしていると聞いてたけど、本当だったのね）

シルヴィアは世界を救うため、覚めることのない眠りについたはずだった。

命尽きるまで続く、深い深い眠りだ。なのに意識を取り戻し、目の前には今まで見たこともないような――この世ならざるほどの美貌の青年が待ち構えていたのだ。ならばここはきっと、死後に魂がおもむくという天の御園なのだろう。

靄のかかった頭で男を見つめていると、探るように唇が開かれた。

「……目が、覚めたのか？」

耳朶に響く、低い声。背中にあたる腕に、力が入った気がした。

どうやら、横になった状態から、男に上半身を抱え起こされていたらしい。

背中に触れる腕の感触がくすぐったくて、シルヴィアは声を出して笑った。

「えぇ、目が覚めましたわ。いいえ、けど、目が覚める、という表現は正しいのでしょうか？ここは天の御園で、私の肉体はすでに滅んでいるのでしょう？」

ゆったりとした口調で、シルヴィアは男へと問いかけた。

意識はまだ朦朧としていたが、聖女らしく言葉遣いは丁寧かつ上品だ。

聞く者の心を和らげる、澄んだ心地よい声音だったが、返る男の声は硬かった。

「天の御園、だと？」

金の瞳が、どこか皮肉な色を帯び眇められる。

「そんなものがあってたまるか。天の御園など、おまえたち教国の人間が、人心を動かすために作った虚像にすぎないだろう」

「……え？」

鋭い視線とあざ笑う声に、冷水を浴びせられたように意識が明確さを取り戻していく。

シルヴィアの背が、絹布の上へと横たえられる。男は自由になった両手を自らの腰へと伸ばすと、剣帯に吊られた長剣の鞘をつかんだ。

「何をするつも――――っ!!」

銀の刃と、滴り落ちる赤い滴。

一滴、二滴と。刃に押し当てられた男の指から、血の滴が零れ落ちる。

血を流す男は、あいかわらずの無表情だ。傷は浅いようだが、それでも痛みはあるはず。

シルヴィアは上半身を起こし、男の指を刃から引き離した。血を止めるため、指の付け根をしっかりと握りこむ。

「指を動かさないでくださいませ。あなた、一体何がしたいんですの？」

「血を見せたかった」

「はい？」

意味が分からなかった。この男は一体、何がしたいのだろう。

呆気(あっけ)にとられていると、男は唇(くちびる)に薄(うす)い笑(え)みを刻み込んだ。

「血を見れば、ここが天の御園などではないと理解できるだろう？」

「‼」

予想だにしない言葉に、思わずシルヴィアは言葉を失った。

天の御園は、神の慈愛(じあい)と光で満ちていると言う。導かれた魂は、永遠の陽光の中に在る。飢えや病苦、争いといったしがらみから解き放たれ、血が流れることは無いと信じられていた。

ゆえに男が流血をもって、ここが天の御園では無いと言うのは理解できるが――

「ですが、わざわざ、ご自身の指を切らなくても……」

「言葉を尽くすより、目に見える証拠(しょうこ)があった方がいい。ねぼけた聖女様の頭を覚ますにも、これが一番手早かっただろう？」

微塵(みじん)の揺(ゆ)らぎもない男の言葉に、シルヴィアは軽くめまいを覚えた。

（私の思い違いを正すためだけに、躊躇(ちゅうちょ)なく自分の指を切るなんて……）

気圧(けお)されたシルヴィアだったが、はたと思い至るものがあった。

（いえ、この男の目的はそれだけじゃないわね。ここが天の御園ではないと教えるためだけに、痛い思いをして血を流す必要なんか無い。なのにわざわざ自らの指を傷つけたのは、別の狙いがあるはず。私を動揺させ、この先の会話を優位に進めるためね）

血が流れれば、人は少なからずうろたえるものだ。加えて男は刃を手にし、自らの指を切るという、一見して意味不明な行動を冒した。気の小さい人間であれば、男を気味悪く思って逃げ出しても不思議ではない。

（私が悲鳴をあげて男を拒絶したら、親切を仇で返したとなじるつもりだったんでしょうね）

シルヴィアは穏やかに目を細め、唇を和ませ、柔らかな笑みを浮かべてみせる。

美しく清らかな、聖女の肩書に偽りなしと言える完璧な微笑みだったが――――

（聖女たる者、侮られたら終わりよ。私を驚かせ試そうとした報い、倍返しにしてみせるわ！）

無言で決意を固めつつ、表情は輝くような笑顔のまま。

楚々とした振る舞いで理想の聖女と称えられていたシルヴィアだったが、その本性はいささか異なり――――とても負けず嫌いで、ついでにプライドも高かった。聖女に選ばれたとはいえ、二十歳にも満たない、小娘のシルヴィアを馬鹿にする相手は多かった。そのことごとくをいなし、丸め込み、時に笑顔でおどしつけ、認めさせてきたのだ。

死ぬ気で磨いた外面と聖女の威光を、初対面の相手に汚されるわけにはいかなかった。

（そもそも、私はなんで目覚めたの？　私が眠ってから、どれだけ時間が経ったの？）

　シルヴィアの眠りは、二度と目を覚まさない深いものだったはずだ。なのに何故覚醒したのだろうか？　目の前の男の正体にも、さっぱり見当がつかなかった。

（とりあえず、この無礼男から情報を集めないと駄目ね）

　出血の止まった男の指から手のひらを離し、すばやく相手の全身を観察する。

　黒髪で長身。年は二十代半ばほど。瞳は金色で、硬質な光でこちらを見据えている。身にまとうのは、黒い生地に、金の装飾が施された軍服だ。胸元には、いくつもの徽章が輝いている。左肩にかけられたマントに、大きく月桂樹と、双頭の鷲の紋章が染め抜かれているのが見えた。

（初めて見る紋章ね。でも月桂樹の部分は、プレストリア帝国国章の意匠と似ているかしら。帝国の軍服は黒地だったはずだし、徽章の数と若さからして貴族の人間でしょうね）

　目まぐるしく思考を進めつつ、周囲の様子を観察すると、指先に白い薔薇の花弁が触れた。薔薇の敷き詰められた聖櫃に、横になっていたようだ。純白の褥に躍る、七色の光の欠片たち。頭上を見上げれば、ステンドグラスのはめこまれた、見覚えのある薔薇窓が目に入った。どうやらここは、聖都の大聖堂の祭壇部分らしい。男の肩越しには、外へと繋がる扉が見える。扉の前には、男と似た意匠の、軍服を着た人間が二人立っていた。彼らは、男の部下だろうか？男が二人へと視線をやると、そのうちの一人が、一礼し堂外へと出ていった。

「今、私の部下に人を呼びに行かせた。じきに教国の人間も駆けつけるはずだ」

「まぁ、ありがとうございます」

現在地がわかって一安心しつつも、シルヴィアの焦りは消えなかった。

とにかく、情報が少なすぎる。シルヴィアが眠ってからどれほどの時間が流れたのか、なぜ目覚められたのか、見当もつかなかった。目の前の男に見覚えは無く、彼の目的もわからない。

「……その軍服、プレストリア帝国の方とお見受けしますが、お名前をうかがっても？」

「アシュナードと呼んでくれ」

そっけない回答に、シルヴィアは心の中で眉をひそめた。

(自己紹介、短すぎるわ。知りたかったのは家名や役職名だったのに、この男、私に情報を与えるつもりは無いようね。やりにくいったらないわ!!)

相手の立ち位置を知らぬまま会話を進めれば、狼の尾を踏む可能性がある。本来なら、家名を告げないのは無礼にあたるが、有名な貴族や、名のみで通じる功績を持った人間の場合は別だ。こちらから姓を聞き返しては、自身の無知を晒すことになる。

(アシュナード……心当たりがないけど、有力貴族なのは間違いないわね。だってこんなにも偉そうなんだもの!!)

居丈高で、傲慢で、そのくせやたらと顔はいい無駄美形軍人。シルヴィアはアシュナード自身についてそうまとめると、別の切り口から情報収集を続けることにした。

「それではアシュナード様、いくつかお尋ねしたいことがあるのですが、よろしいですか？」

「あぁ。だが、おまえは目覚めたばかりだ。長くしゃべっても大丈夫か？」

「えぇ、おかげさまで。とてもすっきりと目が覚めましたから」

「それは光栄だ」

シルヴィアの皮肉をこめた言葉にも、アシュナードは一切悪びれる様子がない。

やはりというか当然というか、とてもいい性格をしているようだった。

「では、お言葉に甘えて。私、そちらの国の皇帝陛下、クラウス陛下と幾度かお手紙をやり取りさせてもらっていましたの。陛下は今もご壮健ですか？」

「いや、二年ほど前に亡くなっている。おまえが眠ってから、十五年が経っているんだ」

「まぁ、そうでしたの……」

十五年。シルヴィアにとっては一瞬のうちに過ぎ去った、その時間。

今、世界は、教国は、どう変わっているのだろう？　養父や女神官たちは健在だろうか？

いくつもの疑問が押し寄せたが、まずは礼儀として、故人となったクラウス皇帝への祈りをささげるのが先だ。シルヴィアは両手を胸の前で組むと、流れるように祈りの句を唱えた。

「クラウス陛下の魂に、永久の安らぎのあらんことを。そして、新しき皇帝陛下の御世が長く続き、その身が血に汚れることが無いことをお祈りし――」

「ありがたい祈りだが、残念ながら無理なことだ」

「っ⁉」

まさか祈りの言葉を否定されるとは思わず、シルヴィアは声をつまらせた。

今唱えたのは、亡くなった王を悼み、新たなる王を寿ぐ際の定番の祈りだ。王が病や暗殺者に害されることなく、無用な争いで血を流さぬようにと、祈りを込めた言葉を否定するなど、物騒にもほどがある。

「アシュナード様、あなたは一体、何が仰りたいんですの？」

「事実を述べたまでだ」

アシュナードが、すいと視線を自身の右手の指にやった。

（アシュナードの右手は今、血に汚れている。つまり、それって……）

シルヴィアは、一度息を吸い込み言葉を発した。

「…………お戯れを、アシュナード陛下」

――目の前のアシュナードこそが、現プレストリア帝国の皇帝。

（この無礼千万陛下さま、またこちらを試したわね）

アシュナードが皇帝であると気づくかどうか。気づいて動揺を表に出すかどうか。

聖女として、要人貴人との会話の駆け引きには慣れていたが、値踏みされるのは不快だった。

（本当、失礼で抜け目ないわね。さっき自身の指を傷つけたのも、私が「その身が血に汚れることが無いことを」と祈りの定番を口にすると予想していたからかもしれないわね）

零れ落ちた血に、シルヴィアが醜態を晒せばそれでよし。そうでなくても、後の会話の布石になるようにという二段構えだ。

（意表をつく言動でこちらの呼吸を乱しつつ、先を見越して罠をしく。手ごわい相手ね）

シルヴィアに言葉遊びにも似た駆け引きをもちかけ、その資質を測ろうとしたのだ。もし駆け引きを見抜けず失言すれば、容赦なくつけこんでくるつもりだったのだろう。

シルヴィアはアシュナードへの警戒心を高めつつ、それをおくびにも出さず微笑んだ。

「アシュナード陛下は、血に汚れてなどいませんわ」

「この指に血がこびりついているのにか？」

「血の汚れとは、身体より魂に染みつくものです。先ほどアシュナード陛下が流した血は、私を気遣ってのものでしょう？　ですから、陛下の魂は汚れてなどいませんわ」

「魂が問題となるのならば、なおさら私は血にまみれているはずだ。私は皇帝の椅子に座るまで、ずっと軍人として戦場を駆けていた。直接手にかけた敵の数だけでも、優に五十を超えている。この軍服と徽章の持つ意味を、おまえは理解していないのか？」

「わかっておりますわ」

揺るがぬ笑みで、シルヴィアは言い切った。

「陛下が軍人だからこそ、ですわ。争いは悲しいことですが、避けられぬ戦いもあるもの。軍人の役目とは血を流すことではなく、国や民を守ることでしょう？」

「理想論だな」

「本質を述べたまでですわ。それと陛下、年齢をお聞きしても？」

「……二十四だ」

唐突に話題が飛び、アシュナードの声がわずかに遅れる。金の瞳が深さと鋭さを増した。彼の虚を衝いたことに手ごたえを感じつつ、シルヴィアは話を続けた。

「やっぱり陛下は、まだお若いのですね」

「どういうことだ？」

「十五年前で止まっている私の知識には、先代陛下にアシュナードという名前のお子がいた記憶はありません。つまり陛下は、帝室の直系ではないのでしょう？　なのにそのお若さで、皇帝の位を手に入れていますもの。それだけ有能で、臣下の方にも頼りにされているのでしょう？」

「確かに、私は部下と才覚に恵まれているな」

謙遜することなく、アシュナードは言い切った。

傲慢なその答えはシルヴィアの予想通りで、待ち望んでいたものだった。

「ならば陛下の魂は、やはり血に汚れてなどいませんわ。もし陛下が、ご自身の魂が汚れていると卑下するのならば、陛下に尽くす臣下の方々の思いも否定することになりますもの」

「詭弁だな」

「詭弁かもしれません。ですが陛下は、私の詭弁を頭ごなしに否定はなさらないでしょう？ならば、それこそが何よりの答えですわ」

「…………」

（よかった、今度はこちらが一枚上をいけたようね）

たかが会話のやり取りとはいえ、言い負かされてばかりでは聖女の名が泣くというものだ。

口を噤んだアシュナードの様子をうかがっていると、すいと彼の瞳が細められた。

「随分と、頭も舌もよく回るようだな」

「そんな、それほどでもありませんわ」

シルヴィアは謙遜しつつ、内心得意げに胸をそらした。

まだ油断はできないが、これでアシュナードも、こちらを見下し試す対象ではなく、対等な相手と認識したはずだ。あとは会話の主導権を奪われないよう気を付けつつ、じきにやってくる教国の人間を待てばいい。そう思っていたシルヴィアの余裕は——

「こんなにも聡明なおまえが妻になるなんて、私は幸運ものだな」

「聡明だなんて、そんな…………妻？」

——たった一言で、弾け飛んでしまった。

「……妻？　私が、あなたの？」

「あぁ、そうだ。美しく聡明で、心根の強い妻を手に入れられて、私も大変うれしいよ」

皮肉げに美辞麗句を並べる声が、右から左へ耳を通り抜けていく。

自分が、この顔面最上、性格極悪男の妻？

信じがたい事実に固まっていると、アシュナードが身を寄せ、耳元で囁いた。

「どうした？　ひょっとしてまた眠くなったのか？　ならば私が寝台に運んで――――」

「は、離れてくださいませ!!　近すぎます不敬です!!」

反射的にアシュナードの頬を叩きかけるが、逆に振り上げた腕を捕らわれてしまう。

「妻と夫で二人きりならば、これくらいの距離は普通だろう？」

「え、そ、そうですの!?」

夫婦とは、そういうものなのだろうか？

色恋沙汰に疎いシルヴィアは一瞬納得しかけたが、問題はそこではない。

「ではなくて！　そもそも、妻とはどういうことなのですか!?　説明してくださいませ!!」

「政略結婚だ。諦めろ」

「身も蓋もありませんわね!?」

叫びつつ、シルヴィアは真っ赤に染まった顔を背けた。

聖女として敬われていたシルヴィアは、これほど年頃の異性に密着されたことはない。

普段であればこうも取り乱さなかっただろうが、何せ突然の妻宣言の後だ。

(近すぎるわ!!　どこ触ってるのよっ!?)

アシュナードは親しげにシルヴィアの体を抱き寄せているが、政略結婚との言葉の通り、そこに愛情など欠片も無いのだろう。シルヴィアを動揺させ隙を作るために違いなかった。

（まずいわ、このままだとこの男のペースで進んでしまう。仕切りなおさなくては!!）

悔しいが、一度この男の傍から離れて、冷静に事態を把握する必要がある。

アシュナードの手を強く振り払うと、彼から体を引きはがした。

（これは断じて逃げじゃないわ!!　首を洗って待っているのよ!!）

次に会った時には、決して動揺せず上手く立ち回り、アシュナードを圧倒してみせる。

そう内心で宣戦布告すると、シルヴィアは聖櫃を出て歩き出した。

しかし数歩もいかないうちに、眼前がかすみ足元がふらつきだしてしまう。

（あ、これ、貧血の時と同じ――――）

十五年ぶりに体を動かしたのだ。全身に血が巡り切っていなかったのだろう。

暗転する視界の端で、アシュナードの手が伸び、体が抱き留められるのがわかった。

（ふ、不覚っ!!　最悪よ最悪!!）

よりによって突き放した相手に助けられるなんて、屈辱にもほどがある。

シルヴィアは自らの軽率さを呪いつつ倒れこみ――――

――――かくして聖女は十五年ぶりに目覚め、その直後に再び意識を失い――――二度寝することとなったのである。

眠りのうちに見る夢は、過去を映す鏡となることがある。

まどろみの中で辿るのは、幼いある日、初めて「聖女」と呼ばれた日の記憶だった。

「……驚いた。その力、君こそが聖女となる人間なのかもしれないね」

「聖女……？」

目の前で屈みこみ、視線を合わせるようにのぞきこんできた男の言葉に首を傾ける。

「聖女様って、何百年かに一人現れて、瘴魔を全て祓う人のこと？　私が、その、聖女様？」

「あぁ。まだ可能性の話だが、君のその瘴魔を浄化する力は、僕の知る誰よりも強いからね」

男が言う力とは、先ほど自分が黒いもや、瘴魔を消したことだろうか？

本物の瘴魔を見たのは初めてだったが、自然と体が動いた。体の芯から熱が沸き上がり、光があふれだしたのを覚えている。気づいた時には、黒いもやは跡形もなく消え失せていた。

「…………聖女様って、すごい人なんでしょ？　私、お母さんもお父さんもいないし、ちびだし、いつも怒られるし、お金も宝石も、なんにも持ってないよ……？」

うつむき、小さな声で呟く。

物心ついた時には両親は亡く、父方の叔母に育てられていた。ちっぽけな自分は叔母一家のお荷物で、毎日疎まれるばかりだ。食事はいつも残り物。畑仕事の手伝いで失敗をすれば、その食事さえお預けだった。

日々は灰色で、涙をこらえきれない日も多かった。今日も、泣いている姿を人に見られたくなくて、村はずれを歩いていたら、偶然男が瘴魔と向かい合っているのを見かけたのだ。そんな自分が聖女だなんて、とても信じられなかった。目を伏せると、やわらかく頭を撫でられた。

「親がいないとか、そんなことは関係ない。君は今、僕を瘴魔から助けようと動いたんだ。その力と意志は紛れも無く君自身のもので、とても尊いものなんだ」

違う。私は気づいたら瘴魔を消していただけ。そんな立派な志なんてない。

そう言おうとして、でも、男の手がくすぐったくて、温かくて。

久しぶりの人のぬくもりに、唇から別の言葉が零れだした。

「…………私、本当に、聖女になれますか？」

「断言はできないが、可能性は高い。でも聖女になるということは君はいずれ――」

「なる。なりたいです！　私、聖女になりたいですっ！　どんなことでもします！」

表情を曇らせ言いよどんだ男を遮り、強く叫ぶ。

男の服にしがみつくようにして訴えかけると、男がこげ茶の頭髪をかきあげた。

「どんなことでも、などと簡単に言っては駄目だよ。聖女となれば今の暮らしも、これからの人生も、全てを聖女の任に捧げることになるんだ」

諭すように言う男だったが、少女の決意は変わらなかった。

「立派な聖女になれるよう、私頑張ります。だからどうか、お願いします‼」

「……自分の命と引き換えにしても、かい？　君は、聖女が何と引き換えに世界を救うかを知っているのかい？」

「知ってます。それでも、ううん、だからこそ聖女になりたいんです。だって聖女になってたくさん頑張れば、皆にほめてもらえるんでしょ？」

必死に問いかけると、男が痛ましげに瞳を歪めた。

「確かに、聖女として瘴魔の全てを祓えば、大陸中の人間が君を称え、尊敬するだろう。だが君に、聖女としての名誉以外の全てを捨てる覚悟があるのかい？」

「覚悟があるかは、わかりません。でも、居場所があるなら、そういう未来が手に入るかもしれないなら、私は聖女になりたいんです」

誰からも気にかけられず、冷たい目で見られる毎日が続くくらいなら。

いずれ命を捧げることになっても、誰かに認めてもらえる方が、目の前の男に撫でてもらえる方が、ずっとずっと良かった。

そう訴えかけると、根負けしたように、困ったように男が頰をかいた。

「ならば、まずは一つ目の条件だ。聖女候補となる君が平民の出では、うるさく騒ぎたてるやつがいる。君はこれから、僕の遠縁の娘として、別の名前を名乗って生きることになる。名と生まれを偽る生活が、この先ずっと続くんだ。それでも、後悔はしないかい？」

「もちろんです」

即答する。すると、男がどこか間の抜けた笑みを浮かべ、手を握ってきた。

「そうか。ならば僕と一緒にいこう――シルヴィア。これが君の、新しい名前だ」

「シルヴィア、シルヴィア……。覚えました。私はシルヴィア。これから精一杯頑張りますから、よろしくお願いします!!」

甘い飴玉のように、新しい名を舌先で転がす。じっくり味わうと、男の手を握り返した。

何も持たず愛されなかった自分が聖女として、シルヴィアとしてならば必要とされるのかもしれない。自分を認めてくれる人間のためなら、どんな苦難にも耐えられるはず。そう決意したシルヴィアは、男の下で瘴魔を祓う力を磨き、知識と教養を貪欲に吸収していった。

その過程で負けず嫌いな性分が芽を出し、「理想の聖女像」を演じるため猫を被るようになったが、おかげで多くの人間から尊敬され、居場所を得ることができた。シルヴィアは自身に求められた役割を果たすためなら、文字通り命を投げ出す覚悟だってあったのだが――

――だからといって目覚めたら結婚していて、しかも相手は顔だけは極上の性悪男だな

んて、さすがに予想できないし覚悟もできていなかった。

「うぅ……、最悪ね」

アシュナードの前でうろたえた姿を晒したことを思い出し、シルヴィアはうなだれた。

今シルヴィアがいるのは、白で統一された部屋の寝台の上だ。窓の外には、大聖堂の丸屋根が見える。どうやら、聖都にある大聖堂の一室のようだ。アシュナードが呼んだ教国の人間に、ここまで運ばれていたらしい。

自身の醜態に落ち込みつつ、「あの傲慢陛下、今度あったら絶対泣かしてやるわ。泣いて謝ってくるところを上から目線で許してやるのもいいわね。あぁその場面を想像するだけで快感がっ！　……でも夫がそんな情けない姿なのも嫌ね、というか結婚って何なの本当……」と聖女にあるまじき独り言を呟いていたシルヴィアだったが、ふいに人の気配を感じ唇を閉ざした。

枕の上に上体を起こす。髪を手櫛で整えていると、部屋の扉が静かに開いた。

（神官みたいだけど、見慣れない顔ね。あの暴君陛下より、少し年上くらいかしら？）

白を基調にした神官服をまとった青年だ。春の陽光を集めたような、淡く煌めく金の髪。晴れわたった空を思わせる青い瞳が、ぽっかりと見開かれている。目じりの垂れた瞳は優し気で、アシュナードの硬質な美貌と方向性は違えど、なかなかに美しい容貌をしている。

青年は柔和な顔を驚愕に染め、シルヴィアを凝視し、かすれた声で呟いた。

「な、なななななな……」

「どうしましたの？　落ち着いてくださいま――――」

「生シルヴィア様っ⁉」

叫んだ青年の姿が、残像となってかき消える。

次に気づいた時には、寝台の傍らに跪く青年の姿があった。

（ひいっ⁉　何今の動き⁉　速いわねビビるわよっ‼）

動揺しつつ、あくまで表面は微笑んでいると、青年が堰を切ったようにしゃべりだした。

「お声を生で聞かせていただけるなんてっ‼　夢ではありませんよね⁉」

「ええ、大丈夫ですわ。こうして触れられますもの」

シルヴィアは青年の手を取り、初対面の相手への、挨拶の祈りの句を呟く。

青年はしばし硬直していたが、感極まったように言葉を零した。

「この手はもう洗えませんね……」

「……お気持ちは嬉しいですが、洗ってくださいませ。風邪でもひかれたら悲しいですわ」

「そんな、私などのことを心配していただけるなんて、なんとお優しい……」

青年はうっとりと呟くと、キラキラとした目でシルヴィアを見つめた。

（ま、眩しいっ‼）

一切の淀みなくこちらを見上げ煌めく瞳に、思わずたじろいでしまう。

聖女として、尊敬の眼差しには慣れていたが、こうも熱心な相手は久しぶりだ。気恥ずかしさと誇らしさに襲われたシルヴィアは、頬が緩まないよう精一杯気を付けた。

「……ところで、お名前をお聞きしてもよろしいですか？」

「パリス・コストナーと申します‼」

「ではパリス様、今外はどうなって――」

シルヴィアは言葉を切ると、絨毯の上を見つめた。

パリスが両手で顔を覆い、ごろんごろんと転がっている。金髪をあちこち跳ねさせつつ「シルヴィア様がパリスって‼　パリスって‼　私の名を‼　そのお声でっ‼」と身もだえていた。

（………なんというか、残念な方ですわね）

なまじ容姿が整っている分、より残念さが増す。敬意を向けられ悪い気はしないが、パリスに合わせていると話が進まなそうだった。

「パリス様、そろそろ落ち着かれましたか？」

「は、はいっ‼　申し訳ありませんでした‼」

パリスは勢いよく身を起こすと、かしこまり居住まいを正した。

「お見苦しいところをお見せしてすみません。それよりシルヴィア様、どこかお体にご異状などございませんか？」

「特にありませんわ。でも私、十五年以上眠り続けていたのですよね？」

「はい。まさに奇跡です」

「私が目覚めた時、傍らにはアシュナード陛下がいらっしゃいました。陛下は今どこに？」

「アシュナード陛下なら、来賓棟の一室にいらっしゃるはずです。陛下から知らせを受け大神官様たちが駆け付けた時から、すでに一日がすぎています。一向に目を覚ます気配のないシルヴィア様の姿に、大神官様たちもアシュナード陛下の狂言を疑ったほどです」

「私、丸一日も眠っていたの？　もしかしてパリス様はその間ずっと、私が目を覚ましているか、時々この部屋をのぞいて確認してくれたのかしら？」

「いえ、私がこちらの部屋に来たのは今が初めてです。先ほどまでは――――」

パリスの言葉にかぶさるように、扉を叩く音が鳴る。

シルヴィアが入室を許可すると、こげ茶の髪を緩く撫でつけた男性があらわれた。

「ハーヴェイ様!!」

「やぁ、おはようシルヴィア。ぐっすりと眠れたかい？」

穏やかでのんびりとした声に、どこかとぼけた物言い。片眼鏡ごしに深緑の瞳を和ませるハーヴェイは、幼いシルヴィアを拾い育てた恩人だ。

（ハーヴェイ様、口元の笑いじわが深くなったかしら？）

封印の儀から十五年が過ぎたということは、ハーヴェイは今四十八歳。初老にさしかかる年齢だ。しかし外見に大きな衰えや病の影は見られず、シルヴィアはほっと安堵した。

「ええ、おはようございます。もう眠気はありませんわ」

答えると、ハーヴェイが深く息をついた。

以前より少しだけ小さくなった体に、流れた時間と、目覚めないシルヴィアを見ていたハーヴェイの心労が思いやられ、胸が痛んだ。

聖女と養父、二人の再会を邪魔しないよう、そっとパリスが扉へと手をかけた。

「シルヴィア様が再びお目覚めになったと、大神官様たちに伝えてまいりますね」

「よろしくお願いいたしますわ」

パリスが一礼して去ると、ハーヴェイはシルヴィアのベッドへと腰かけた。

「シルヴィア、本当に体は大丈夫かい？」

「えぇ、大丈夫よ」

気心の知れた養父と二人きりになり、砕けた口調で語りかける。

そんな寛いだシルヴィアを、ハーヴェイはじっと見つめ、頭へと手を置いた。

「なんですか、ハーヴェイ様？　寝癖でもついてるの？」

「いいや、ただ、確認したかったんだ。君が確かに目覚め、ここにいるってね」

片眼鏡の奥で、深い緑の瞳が緩む。つむじのあたりがこそばゆい。

幼い少女にするような仕草だが、しばらく成すがままに撫でられていた。

それでも、さすがに気恥ずかしくなってくる。手から逃れると、こほんと咳払いをした。

「パリス様をこの部屋に呼んだのは、ハーヴェイ様だったの？」

ハーヴェイは名残惜しそうにしつつも、ゆったりと語りだした。

「少し用事ができて、外に出なければならなくなってね。かわりに彼に、君の様子を確認してくれるよう頼んだんだ」

「その、彼、悪い人じゃないみたいだけど、なかなかに斜め上の行動をする人ね……」

「彼はああ見えて神官としては優秀でね。それに君への敬意も本物だ。何といったって、帝国に君が嫁ぐと聞いて、帝国勤務の神官の任へ立候補したくらいなんだ」

「…………私がアシュナード陛下と結婚するということは、すでに決定事項なの？」

シルヴィアは思いきり顔をしかめた。

「そんなに嫌なのかい？」

「嫌よ!!　あの男、やたらと口が達者で生意気で、上から目線すぎるわよ！」

「あぁなるほど、つまり同族嫌悪というやつだね」

「どこをどう見ればその結論に!?　その眼鏡くもってるわよ拭かせてくれない!?」

全力で否定しなじるも、ハーヴェイはどこ吹く風といった様子で笑った。

「もうっ!!　なんで笑ってるの!?」

「ははは、君のその威勢のいい暴言が、もう一度聞けるなんて思ってもいなかったからね」

「………」

そう言われては、これ以上反論する気も無くなってしまう。

ハーヴェイは飄々とした振る舞いだが、茶化したその言葉には、思いのほか深い響きがある。
シルヴィアの感覚では、一晩寝て起きたようなものだったが、実際には十五年が過ぎているのだ。そもそも、シルヴィアは一度も目を覚ますことは無いはずだった。どんな思いでハーヴェイが十五年間過ごしていたか想像すると、黙り込むほかなかった。

「…………ハーヴェイ様、この十五年間で何があったか、どうしてあの陛下と結婚することになったのか、説明してもらえませんか？」

「じゃあまず、念のため聞くが、封印の儀を行うまでの記憶は問題ないんだね？」

「しっかりと覚えているわ」

十五年の昔も、シルヴィアにとっては昨日の出来事のようなもの。目を閉じれば、ありありと封印の儀を思い出すことができる。

――大陸を覆う不可視の流れの集まるところ。大聖堂の裏手の薔薇園に一人立ち、聖水の滴で神聖文字を描く。聖別された鈴を鳴らし儀式を進めるうち、自身と世界との境界があいまいになり、温かな腕に抱かれるように、意識を手放したのを覚えている。

「瘴魔の浄化は、滞りなく完了したのよね？」

「あぁ、封印の儀は成し遂げられた。瘴魔は大陸から駆逐され、異常気象も消えうせたよ」

「よかった…………」

シルヴィアは大きく息を吐いた。

失敗するとは思っていなかったが、命をかけた術だったのだ。安堵で体の力が抜けそうになり、慌てて姿勢を正す。

「まぁ、成功して当然よね!!　この私が行った術なんだもの!!　……でも、儀式が完了したならどうして、私は生きているのかしら？　眠ったまま息を引き取るはずでしょう？」

「君が目を覚ましたのはうれしい誤算だが、さっぱり心当たりがないんだ。これから本格的に調査させる予定だが、今のところは奇跡としか言いようが無いね」

ハーヴェイは首をふると、お手上げだと呟いた。

「まぁ、一旦そちらは置いておいて、先にこの国を取り巻く状況について解説しよう。以前僕が語った、封印後の世界情勢の予想推移については覚えているね？」

「えぇ、大丈夫よ」

シルヴィアは自身が眠った後世界がどうなるか、ハーヴェイの予想を聞いていた。

瘴魔の消失は喜ばしいことだが、その影響はとても大きく、良いことだけではないはずだ。

例えば、瘴魔に占領されていた土地の所有権を巡って争いが起き、人間同士で血が流れる。

（……そして教国の場合は、大陸における発言権の低下が予想されたのよね）

教国は、山間の小国だ。これといった特産品もなかったが、特殊な力――瘴魔を浄化する能力を持った人間が多かった。彼らは『祝片の子』と呼ばれ、多くの祝片の子を産む家系は貴族となり、国を統治していた。シルヴィアが生まれつき強い祝片の子の力を持っていたのも、おそらくどこかで貴族の血が混ざっていたためだ。

祝片の子は、教国の要だ。彼ら彼女らを各国に派遣することで、教国は政治的な地位を得ていた。瘴魔がいなくなれば祝片の子の価値も下がり、教国の存在感も小さくなるはずだった。

「ハーヴェイ様の予想は、どれほど当たっていたの？」

「この国に関しては、八割がたは予想通り。残り二割は、残念ながらより悪い方だね」

「どういうことですか？」

「封印の儀の直後は、とてもうまく行っていたんだ。教国と、そして君への崇拝が大陸中で高まり、多くの巡礼者や寄付金が集まってきた」

「いいことずくめじゃない」

「あぁ、だが、うまく行き過ぎてしまったんだ。教国は流れ込んできた大量の金と人にあぐらをかき、神官の中にも高慢に振る舞う人間が増えた。当然、他国からの評判は悪くなるし、寄付金も目減りしていった。それでも封印の儀から数年はなんとかなっていたんだが……」

遠い目をし、ハーヴェイは乾いた笑いを浮かべた。

「今ではもう、金庫もすっからかんになってしまった、ということさ」

笑うしかないといったハーヴェイに、シルヴィアはガックリと肩を落とした。

封印の儀を行えば全てが上手くいき万事解決、とまでは楽観視していなかったが、教国の窮状には、やはり苦いものがある。

「幸い、まだ飢えるほど困窮してはいないが、元々この国の収入は、祝片の子の働きでもたらされたものだ。彼らの需要が無くなった今、政治力の低下はどうしようもなかったんだ」

「そこに、あの皇帝陛下が私との結婚話を手に押しかけてきた、ということなのね？」

「情けない話だが、そういうことだ。今や教国に残されているのは、十五年前世界を救ったという事実と、その証の君の存在だけ。帝国はここ数年で急速に国力を伸ばしてきた国で、まだ若い皇帝陛下は、自身と自国を良く見せる箔付けを欲していたということさ」

「でも、あの陛下も、私が目覚めるとは予想していなかったはずよね？　眠り続ける私を妻として迎えたって、結婚の意味が無いんじゃないの？」

「数年後に第二王妃を娶って、跡継ぎはそちらに生ませるつもりなんだろう。君を求めたのは妻としてではなく、人の形をした宝物としてだ。ここ十五年で教国の威信は落ちたが、世界を救った君本人は今でも敬われているし、各国の庶民の間にも人気があるんだ」

「文字通り、『お飾りの妻』としてはピッタリだったということね」

「そういうことだ。陛下は君との結婚と引き換えに、教国への巨額の支援をちらつかせた。今の教国に、それを撥ねのけるだけの余力は無かったということさ」

世の中、先立つものはお金だからねぇ、と、遣る瀬無くハーヴェイがぼやいた。

ハーヴェイとてきっと、シルヴィアを物同然に扱う結婚話には反対したに違いない。

だがハーヴェイは弱小貴族出身で、祝片の子としての能力も平均どまりだ。聖女であるシルヴィアの育て親として、教国内ではそれなりに影響力を持っていたが、結婚話を蹴るには遠く及ばなかったのだろう。

「……そういうことだったのね」

「あぁ、君には本当に申し訳なく思っているよ」

珍しく沈んだ様子のハーヴェイに、いたたまれなさを感じた。

「そんなに落ち込まないでよ。相手があの暴君皇帝なのは腹立たしいけど、私、結婚の申し出自体は嫌ではないわ」

アシュナードのことは嫌いだが、それはそれ。

瘴魔がいなくなった今、シルヴィアの瘴魔浄化能力は、価値がなくなってしまったのだ。

ならば今度は、「世界を救った聖女」という肩書を生かし、教国の役に立ちたかった。

「どんとこい政略結婚、やってやろう新婚生活よ!!」

胸を張って宣言すると、ハーヴェイがどこかすねたように、小さく唇を曲げた。

「やる気は十分、か。いっそ君が嫌がってくれた方が、まだ気が楽なんだけどねぇ」

「どういうことですの？」

「君の善意に頼りきりの、僕たち大人が情けなくなるということさ」

ハーヴェイは一つため息をつくと、壁際の書棚から、何冊かの本を抜き出してきた。

シルヴィアのために、あらかじめ準備してあったようだ。

「せめてものお詫びの印だ。受け取ってくれ」

差し出された本は、『プレストリア帝国百年史』といった、帝国に関係するものばかりだ。

「えっとつまり、これを私に読め、と？」

「結婚が避けられない以上、僕にできるのは帝国や陛下の知識を与えることだけだからね」

「…………それはその通りだけど、お詫びというのとは、その、違うと思うの……」

言いつつも、満更でも無い顔でシルヴィアは書物を受け取った。

（……助かるのは本当だけど。切り替えが早いというか、ハーヴェイ様らしいというか）

ぼんやりしているようで抜け目がないし、神官のくせに俗っぽく現実主義者だ。シルヴィアが聖女としてそつなく振る舞えるよう成長したのも、彼の影響によるところが大きかった。

早速書物の目録を眺めていると、視線を感じた。

何かまだ言うべきことがあるのかと、ハーヴェイへと視線をあげたが――

「それとシルヴィア、もし君が――」

「すみません、シルヴィア様。今お時間よろしいでしょうか？」

ハーヴェイの言葉に、室外からの女性の声が重なった。

女性を優先するようハーヴェイが合図したため、扉の外へと答えることにする。

「えぇ、大丈夫ですわ。何かありましたの？」

「アシュナード陛下が、面会を希望されております。お会いになりますか？」

「………わかりましたわ。正装に着替えますので、お手伝いをお願いしますわ」

アシュナードはさっそく、シルヴィアの目覚めを知ったのだろう。彼にとっては異国の地であるはずなのに、随分と耳ざといことだった。

(ふふっ、これで完成ね)

姿見の前で、シルヴィアは満足げに微笑んだ。

よく梳かされた髪へ、女神官が薔薇を挿しこむ。純白の薔薇とベールで飾られた髪は、月光を紡いだ糸のよう。光を帯び輝き、艶やかに背中へと流れ落ちている。

全身を覆うのは、柔らかな白のドレスだ。光沢のある薄絹、淡雪のようなシフォン、薔薇刺繍咲く透かしレース。上質な布地が幾重にも重ねられ、長い裾が、花弁のように広がっている。月明かりに咲く薔薇のような、瑞々しくも華やかな、『冬薔薇の聖女』の名に恥じない装いだ。シルヴィアは鏡の正面で姿勢を正し、長いまつげに囲まれた銀青の瞳を細めた。

(どうやら、髪にも肌にも傷みはないみたいだし、体型も変わっていないようね)

十五年間飲まず食わずだったにもかかわらず、シルヴィアの肉体は健康そのものだった。

四肢はしなやかに伸び、肌は滑らか。唇の血色も良い。鏡に映る顔立ちは、封印の眠りにつく前と、いささかも変わりが無かった。十五年の月日は肉体を素通りし、十七歳で眠りについた時と同じ姿で、今のシルヴィアは存在していたのだ。

シルヴィアは仕上げに楚々とした笑みを浮かべると、女神官を伴って廊下へと出た。今シルヴィアがいるのは、教国の人間以外は立ち入れない、神官用の居住棟だ。アシュナードの逗留する部屋まで、それなりに距離がある。向こうの訪問を待っても良かったが、教国の今の国力と力関係を考え、自らおもむくことになった。幸い体調的にも、足腰は問題なさそうだ。

神殿内の雰囲気を確かめるため、すれ違う神官たちと挨拶し歩いていたのだが――

「シルヴィア様、どうかどうか、希望を捨てないでくださいませ!!」

赤毛の若い女神官に力説され、シルヴィアは内心でため息をついた。

（あの皇帝陛下、どれだけ嫌われているの……？）

シルヴィアは曖昧な笑みで、女神官にうなずきを返した。

部屋から出て、歩き始めてしばらく。すれ違う神官たちは尊敬のまなざしとともに、アシュナードに嫁ぐことへの同情、憐れみの視線をシルヴィアへと投げかけてきた。

（『血も涙もない黒翼帝』に『簒奪帝』、三度の飯より戦が大好きな戦闘狂……。いくら他国の皇帝と言えど、散々な言われようじゃない）

神官たちいわく。元々アシュナードは、伯爵家の出の軍人だったという。ごく薄くしか帝室の血を引いていないのだ。にもかかわらず、彼は若くして頭角をあらわした。倍数以上の敵軍を手玉に取り蹂躙したりと、いくつもの目覚ましい軍功を挙げたらしい。その才覚は敵国だけではなく、帝位争いにおいても、存分に発揮されたのだ。並み居る皇位継承者たちの悉くを出し抜き、破滅させ、簒奪同然に皇帝の椅子をもぎとったらしい。

一たび敵と見なせば、慈悲なく容赦なく叩き潰す、苛烈にすぎるその在り方。

(有能なのは間違いないけど、あまりお近づきになりたくない人間なのも確かね)

だがシルヴィアはこれから、アシュナードの妻となる。

どれほど悪名高く気に食わない相手でも、避けることはできないのだ。

(初対面では動揺して醜態をさらしたけど、この私に二度目はないわよ)

シルヴィアは覚悟を決めると、足を速めアシュナードのもとへと急いだ。

来賓棟の三階最奥、一番上等な一室。黒檀の扉を前にひとつ、深呼吸をする。お付きの女神官が、来訪を告げた。扉が内側へと開かれ、アシュナードの金の瞳と目が合う。

「こんにちは、アシュナード陛下。先日は意識を失った私を受け止めていただき、どうもありがとうございました」

「礼を言う必要などない。地面に倒れて顔に傷でもつけば、その分価値が下がるからな」

淡々と、武器の瑕疵を確認するような口調で、アシュナードが言い放った。

「価値が下がる」などと、完全にこちらを物扱いした発言だ。わざわざ突き放した言い回しを選んだということは、夫婦という関係性であっても、感情的な結びつきは求めるな、という意思表示なのだろう。政略結婚である以上、それも一つの夫婦の在り方だが、一方的に物扱いされるのはごめんだった。

「えぇ確かに、価値が下がってしまいますわね。妻一人守れないようでは、夫であるアシュナード様の価値も地に落ちてしまいますもの」

「あぁ、その通りだ。よくわかっているじゃないか。私の妻となった以上、その体には傷一つつけさせないと約束するさ」

「あら、それは頼もしい限りですわね」

シルヴィアは笑顔で心にもない言葉を吐いた。

(『体には傷一つつけさせない』――裏を返せば肉体以外、こちらの意思や人格を尊重する気はないってことよね)

相手をけん制しあうだけの、夫婦と呼ぶには冷え切ったやり取りだ。

空々しい会話を続ける気にはなれず、シルヴィアは本題に切り込むことにした。

「アシュナード陛下の結婚に対するお考え、十分に理解できましたわ。ですので、今回私と面会を希望した本題について、そろそろ教えてもらえませんか？」

「妻であるおまえが目を覚ましたと聞いたんだ。直接会ってその姿を見たいと思うのは、夫として当然だろう？」

「茶化さないでくださいませ」

「いや、本気さ。私の目的は、こうしておまえにここに来てもらうことそのものなのだから」

「………どういうことですの？」

「おまえは、神官の居住棟からここまで歩いてきた。それなりの距離があったが、大きく消耗していないようだし、体調に問題は無いんだろう？」

「そうですが、それがどうしたんですの？」

「つまり今のおまえの体調なら、明日にも馬車に乗って帝国に発てるということだ」

「明日出発を？」

わざとらしく、シルヴィアは眉をひそめてみせた。

結婚した以上、教国を離れ帝国におもむくことは理解していたが、さすがに急すぎる話だ。

「お待ちください、陛下。いくらなんでも早すぎますわ」

「むしろ遅いくらいだ。私は元々、おまえと初めて会ったその日のうちに、眠るおまえを連れ、帝国への帰途に就く予定だったんだ」

「ですが……」

「体力的な心配はないと、おまえ自らが言ったんだ。既に帝都の城には、おまえ用の部屋も準備させてある。服や身の回りの品も揃えてあるから、不便なことは一つもない。随行する神官の選抜も終わっている。他に何か問題でもあるのか？」

（大ありよ!!）

シルヴィアは心の中で盛大に突っ込みを入れた。

本格的に目覚めてから、まだ半日ほど。アシュナードや帝国について、最低限の知識さえ覚束ないのだ。そんな状態で帝国に嫁ぐなど、準備不足にもほどがある。嫁ぐことは受け入れたとはいえ、教国を去る前に、ハーヴェイらともしっかりと話をしておきたかった。

（この陛下、こちらに十分な時間を与えず、自分のペースで話を進めるつもりね）

夫婦といえど対等ではなく、アシュナードの方が上だと、そう決定づけるつもりなのだ。

その手には乗るまいと思うものの、先ほどアシュナードに会話を誘導され、体調に問題は無いと言質を取られてしまっている。

どうすれば帝国への出発日を延ばせるか考えていると、アシュナードが唇を歪め笑った。

「なるほど、おまえ、怖いんだな？」

「怖がる？　私が何を怖がるのですか？」

「おまえにとって、この結婚は不意打ちそのものだ。突然現れた夫の存在に戸惑い、結婚生活に不安を抱くのも仕方ないことだ」

「私は、あなたを怖がってなどいませ——、ひゃっ!?」

首筋に触れた感触に、思わず息が引きつれる。

のど元から耳の付け根へと、白手袋に包まれた指が滑る。

撫でるように柔らかく、しかし決して離れず吸い付くように。

突然触れてきた意図を測り損ねていると、アシュナードが小さく笑った。

「やはり、私を怖がっているじゃないか」

「驚いただけですわ。いきなり何がしたいんですの？」

「顔色が悪く見えたから、もしかしたら熱でもあるのかと思ってな」

「先ほど言った通り、私は健康です。熱なんてありませんわ」

「強がることはない。病は気からと言うだろう？」

「ご心配どうもありがとうございます。でも違いま――」

「聞け。おまえは迫りくる異国での結婚生活に怯え、馬車旅に耐えられないほど体調を崩してしまった。こんな筋書きはどうだ？」

「っ!!」

眉が吊り上がらないよう、顔面の筋肉を全力で制御する。

（帝国への出発日を延ばしたいなら、私が結婚にしり込みしたという形にしろってこと？）

そんな情けない話、受け入れられるはずがない。

（……この皇帝陛下、こちらが泥を被る形じゃない限り、出発日延長を許す気はさらさら無いわね。なら押し問答をするより、さっさと話を切り上げて、準備に急がなくちゃ）

シルヴィアは今度こそアシュナードの腕からのがれると、背筋を伸ばし笑みを浮かべた。

「私は聖女です。そのような心配はご不要ですわ。明日の朝には荷をまとめお待ちしておりますので、どうぞ馬車をよこしてくださいませ」

怒りを笑顔の下に押し隠し言い切ると、アシュナードが金の瞳を眇め、どこか満足げにうなずいたのだった。

優雅に一礼し、部屋から退出したシルヴィアを見送り、アシュナードは唇に笑みを刷いた。

結婚相手である彼女が目覚めたのは、アシュナードにとっても不測の事態だった。

彼女をどう利用するか。考えていたが、歯ごたえのある相手なのは望ましかった。

「珍しいですね。女性相手に、陛下がやる気を出すなんて」

部屋の片隅に控えていた、銀髪の青年が口を開いた。

紫紺の瞳を細め眉をひそめた、腹心のルドガーだ。険しい表情だが、不機嫌ではない。主君と職務に振り回されるルドガーの額には、険しい皺が寄っているのが常態だった。

「シルヴィア様は、お美しく聡明な方です。陛下はもしかして、彼女の魅力に――」

「美しいだけの女に、興味も価値も無い」

アシュナードは切り捨てると、唇を歪めた。

「お飾りの妃と言えど、あまりにも物知らずでは困るからな。その点、あの女は面白い。気丈に振る舞い、抗ってくる相手程、その鼻っ柱を折りたくなるだろう？」

「彼女は陛下の臣下でも、敵対者でもありません」

「だからどうした？　目指す先が違い志を異とするなら、何も変わりはしないさ」

アシュナードは窓の外を見つめた。薄く雲の流れる東方、臣下の待つ母国の方角を眺める。

「十五年の時を超え、奇跡的に目覚めた聖女様、だ。せいぜい精一杯、役に立ってもらうことにするさ」

第二章 ✧ 薔薇色ならざる新婚生活

政略結婚ということは理解していたし、愛情も期待していなかった。

甘い新婚生活を夢見ることなどなく、夫とのすれ違いも予想済みとはいえ――

「二十日以上も顔を見せないって、夫というより人間としてどうよ？」

与えられた居室で、一人きりのシルヴィアは呟いた。

アシュナードの妻となるため、帝国の帝都ヴァイスブルグにやってきたのが二十二日前。

そしてその翌日に、自室へと案内された時が、アシュナードと顔を合わせた最後だった。寝室は別、食事の相席も多忙を理由に断られている。ならば、アシュナードの妻として付き添おうと言伝で提案するも、「十五年ぶりに目覚めたシルヴィアの体が不安だから」という理由で断られ、居室から外に出ることも、人を招くことも認められなかった。

「おかげで、もうハーヴェイ様にもらった本も読みつくしちゃったじゃない」

シルヴィアは手にしていた書物を机におくと、一つ大きく伸びをする。

結局あの後、しっかりとハーヴェイと話す時間は持てないまま、帝国へと来てしまった。

帝国に到着し、知識を整理する時間ができたのは幸いだったが、現状は籠の鳥だ。

得た知識をまとめると、シルヴィアには妻として、女としての役割は一切求められていないらしい。妻として選ばれた理由は聖女の名でアシュナードに箔をつけるため、そして、ていのいい虫よけだ。若く独身であるアシュナードには、当然いくつもの縁談がもちかけられていた。妃を娶り子をもうければ、外戚に煩わされることになる。眠り続けるシルヴィアを形だけの妻とすることで、数年の時間を稼ぐことにしたのだ。

（まぁ、それで私が目を覚ましちゃったのは、向こうも予想外だったんだろうけど……）

だからといって、同情することはできなかった。

シルヴィアの自由意志など必要としていないアシュナードは、シルヴィアを人形扱いし、自由を認めなかった。シルヴィアの体調を気遣う名目で軟禁し、やっかいごとを起こさないよう監視している。シルヴィアが人望を得て、権力を求めることを危惧したのだ。

（……世界から瘴魔の危機は去ったとはいえ、全てが平和になったわけじゃない。教国と帝国の仲も、いつまでも安定しているとも限らないわ。帝国内に味方を作っておきたいところだけど、外に出られなきゃ始まらないわよね……）

この状態が何か月も続くようなら、教国から正式に抗議してもらうつもりだが、教国の国威が衰えている今、できるだけことを荒立てたくなかった。

シルヴィアは何度目かわからないため息をつくと、ドレスの襟元を整えた。

そろそろ、毎日アシュナードに出している言伝の返信を、侍女が持ってくる時間だ。

「――シルヴィア様、陛下からお言葉を賜っております。入ってもよろしいでしょうか？」

「えぇ、いいですわ」

口調を切り替え、入室を許す。扉を開けた侍女が一礼し近づき、銀の盆を差し出した。乗せられている便箋に手を伸ばすと、指先に冷たさを感じる。

（えっ、この感覚、でもそんなはずは――）

信じられず固まっていると、淡々とした侍女の声が聞こえた。

「どうかなさったのですか？　もしかして、体調が優れないのですか？」

「いえ、何でもありませんわ。返事を書きますので、少し待っていただけます？」

「了解いたしました」

受け取った便箋を開き、目を通す。形だけの気遣いの言葉が並ぶ、いつも通りの文面だ。文字は流麗、紙も上質だが、饐えた水に肌を浸したような、ごくわずかな冷たさが伝わってくる。

（やっぱり、間違いない。瘴魔の気配だわ。でも、どういうこと？　封印の儀式は確かに成功したはず。なのになぜ、どうして？）

指先が震えた。吹き荒れる疑問の嵐に翻弄されつつ、あくまで表面は平静を保つ。

ありえないはずの事態だが、シルヴィアの感覚は、確かに瘴魔の気配を認めている。瘴魔の放つ気配を、祝片の子は敏感に捉えることができる。聖女であるシルヴィアともなれば、瘴魔がその場にいなくとも、瘴魔の近くを通りかかった人や物からも、瘴魔の残り香のような気配を感じ取ることができるのだ。

(陛下の近辺、もしくは手紙の運ばれてくる道筋のどこかに、瘴魔が潜んでいるの?)

信じられないが、放置することもできなかった。

「ねぇ、陛下には今日、何か変わったことはなかったかしら?」

「前日の予定通り、公務をこなしてらっしゃいます」

「では近頃、体のご不調を訴えられることはありますか?」

「そのようなことは聞いておりません。何か手紙に、気になることでも書いてあったのですか?」

「いいえ、書いてませんわ。でも、夫の体調を心配するのは、妻として当然でしょう?」

ゆったりと微笑むと、シルヴィアは机の引き出しから便箋を取り出した。

シルヴィア自身が十五年前に行った儀式のおかげで、大陸から瘴魔は一掃されたはずだ。

古文書によれば、世界の穢れが蓄積されることで、瘴魔は再出現すると書かれていたが、それは百年以上は先のはず。いくらなんでも早すぎだ。ありえないはずの、瘴魔の存在。侍女に話しても信じてもらえないだろうし、無駄に不安をあおるのも良くない。

(だったら、瘴魔について心当たりがないか、アシュナードに聞いてみるしかないわね)

シルヴィアは侍女に焦りを悟られないよう、普段と変わらない様子で、アシュナードへの返信を書き上げたのだった。

『残念だが、おまえはまだ寝ぼけているのではないか？　十五年も眠っていたのだから、ゆっくりと自室で療養しているといい』

アシュナードの言伝。冒頭の一文に、シルヴィアは眉をピクリと動かした。

（いきなり信じられないのはわかるけど、いちいち言い方が嫌みったらしいのよ‼）

アシュナードの見下す姿が、文字越しにありありと想像できて不愉快だ。

アシュナードはシルヴィアの勘違いと決めつけるだけではなく、『瘴魔の復活を騙ってまで私の気をひきたいのか？』と、馬鹿にしてくれていた。

（なんで私が、あいつのために嘘をつくのよ。冗談じゃないわ）

不名誉な誤解をされ腹立たしかったが、現状では、シルヴィアの自由を握っているのがアシュナードなのは事実だ。

シルヴィアは羽根ペンを手にしてしばらく考え込むと、苛立ちをぶつけるように、それでいて流麗な筆跡で、アシュナードへの言伝をしたため始めた。

「どうやら陛下の妃は、また新しいドレスをご所望のようだな」

アシュナードの執務室に運ばれてきたドレスを見て、ルドガーがうんざりと口を開いた。

「一昨日は華やかな赤いドレス、五日前には夜会用の白のドレス。今日は瞳の色とあわせた青いドレスときて、また贅沢なことだ。満足に袖を通す機会もなさそうだな」

ルドガーの責めるような視線にも、部屋の主であるアシュナードは涼しい顔だった。

主君と部下だが、元は軍務を共にした戦友だ。ルドガーは遠慮なく口を開いた。

「……それに、ドレスだけじゃない。ドレスとあわせるからと、銀の耳飾りに、絹で作られた扇子、真珠をちりばめた肩掛け。陛下がこうも贅沢を許すとは、意外だったな」

「着飾って私の気をひこうとは、なかなかに健気な妻だと思わないか？」

「思ってもいないことを口にするな。もう三十日以上、夫が姿を見せないんだ。おおかた暇を持て余し、美しいドレスで気を紛らわそうとしているんだろう」

「夫のためではなく、暇潰しか。随分と味気ない、色気のない考えだな」

「そうさせるくらい、陛下の彼女に対する扱いが悪いということだ」

ルドガーは眉間のしわを深くする。泣く子も黙る凶相だったが、見慣れたアシュナードは書類仕事の手を止めなかった。

「あいつが手紙で求めてきたものは、何だって与えてきたつもりだ。色とりどりのドレスに装身具、甘い砂糖菓子。これだけあれば、夫などこなくても十分楽しく過ごせるだろう」

「一番欲しているものは自由は与えずに、だろう？　今のところドレス程度で満足しているようだが、この先もっと高価なものをねだられ、湯水のように金を使うようになったらどうする？」

「そうなったらあいつを『体調不良で寝たきり、身を飾る元気もない』ということで部屋に閉じ込め続けるだけだ。眠り続ける女は、宝石もドレスも求めない。なんせあいつは十五年以上も眠っていたんだ。体に不調が表れても、なんらおかしいことではないだろう？」

「容赦ないな」

「浪費家の妃として、民に忌まれるよりいいだろう」

アシュナードは席を立つと、トルソーにかけられた青のドレスに手を触れた。

「聖女と呼ばれ澄ましていようと、一皮むけば一人の女に変わりはない。自身の境遇も理解できない愚かな女であれば切り捨てるだけだが――」

さて、どうなるかなと。

金の瞳を眇めた主君の姿に、ルドガーは眉間のしわをさらに深くしたのだった。

「まぁ、なんて素敵なドレスなんでしょうか」

侍女が部屋に運び込んだドレスを目にし、シルヴィアは感銘の声をあげた。

青の布地を重ね、ふんわりと膨らませたスカート。袖口や前身ごろには銀糸の刺繍が施され、繊細な輝きを宿している。上品かつ愛らしい意匠のドレスだったが、シルヴィアが心動かされたのはその美しさにではなかった。

「この青、海みたいで美しいですわね。もしかして、ブノワ染めの生地かしら？」

「はい、そのように伺っております。お気に召しましたか？」

「えぇ、とても。陛下に感謝いたしますわ」

アシュナードから与えられたドレスを褒めるのはいつものこと。だが、今日の嬉しさは本物だ。はしゃぎすぎて不審がられないように注意しつつ、早速ドレスに袖を通す。侍女の手を借り全身を整えたシルヴィアは、満足げに鏡と向き合った。

「さすがシルヴィア様。白い肌が際立ち、とてもお似合いです」

「ありがとう。あなたが結ってくれたこの髪も、とてもドレスと合っていますわ」

シルヴィアをひとしきり褒めたたえると、侍女は一礼し退室した。彼女が戻ってくる気配が

無いことを確認すると、シルヴィアは聖女らしからぬにんまりとした笑いを浮かべた。

「ふふ、やっと手に入ったわ。この辺で青の布地といったら、ブノワ染めが有名だものね」

ブノワ染めはこの国のお隣、ユグレシア皇国の名産品だ。海を思わせる深い青が特徴で、見栄えが良く縫製もしやすいため、ドレスへの使用頻度が高い。

鏡の前に陣取り、ドレスの裾をつかみめくりあげる。ドレープの重ねられたスカート部分の、表からは見えないひだの奥の布地を手にとった。手にした生地と鏡を交互に見ると、文机の引き出しから裁ちばさみをとりだし、そっと刃を滑らせた。

(このあたりなら、少し布地をもらっても、外からじゃわからないわね)

慎重な手つきで、手のひら大の布地を二つ切り出す。そのうちの一つを更に細切れにし、陶器の小皿へと載せた。

「それでこの布に、この香油を加えて、っと……」

硝子の小瓶に入った香油は、心を安らげ、健やかな眠りへと導くものだ。本来は気分を落ちつかせる程度の効力しかないはずだが、布の端切れを浸した香油を嗅ぐと、くらりとめまいがし、意識が持っていかれるような感覚がした。

(聞いていた通り、効き目はばっちりね)

ブノワ染めは、藍笛草という植物をふんだんに使って染め上げられている。

染色原料として名高い藍笛草だが、特定の種類の香油と混ぜると、強い眠気を催す特性がある。あまり有名な性質ではないが、シルヴィアの暮らしていた教国では、聖堂で説法を行う際に香油を用いることが多く、小耳にはさんだことがあった。

日中のシルヴィアの部屋の前には衛兵が控えているが、夕食後は部屋の入り口に設けられた小部屋に、お世話係兼見張り役の侍女が侍っているだけだ。

(ここのところ大人しくしていたから、侍女たちの警戒心も緩んでいるものね)

この部屋に閉じ込められてからの観察で、寝ずの番を回しているのは五人の侍女だとわかった。職務を果たす彼女たちは一睡もしていないようだったが、生理的な眠気を完全に消し去ることは難しい。深夜にそっと覗くと、目をしょぼつかせ欠伸をかみ殺していた。

(小部屋の扉はこちらの部屋の物音を拾うために、足元に隙間が空いているわ。香をたいて隙間から流し込めば、軽く居眠りくらいはするはず。その隙に近づいて、間近から香油を嗅がせれば、しばらくは眠っていてくれるわ。この組み合わせで睡眠薬が作れるなんて、この国の人間じゃ予想しないでしょ)

この香油は教国から持ち込んだ嫁入り道具の一品だったが、まさかこんな形で役立つとは思わなかった。もう一方の材料であるドレスも、その目的がブノワ染めの生地を手に入れることだとは気づかれないよう、他にも様々な意匠のドレスをねだりまぎれこませたものだ。

(何着もドレスを買わせて無駄遣いしてるわけだし、このドレスを縫ってくれた職人にも申し訳ないけど、それでも、瘴魔の気配を放置するわけにはいかない……)

瘴魔を祓うことができるのは、祝片の子と呼ばれる力を持った人間だけだ。いかなる魔術や武器であれ、瘴魔を消し去ることは不可能。切っても焼いても死なず、牙をむき人に襲い掛かってくる。幸い、まだ被害は出ていないようだが、悠長に構えている余裕はない。

（この部屋の中からじゃ微弱な気配しか感じられないけど、外に出て具体的な居場所をつかめば、さすがにあの陛下も耳を傾けるはず）

現状では、瘴魔の存在を訴えたところで、外に出たがるシルヴィアの妄言だと聞き流されるだけだ。人的被害が出れば信じてくれるかもしれないが、死人が出てからでは遅すぎる。

シルヴィアは香油と布の端切れを隠すと、早く夜が来ないかと待ちわびるのだった。

「よしよし、よく眠ってくれてるわね」

小机に突っ伏す侍女を前に、ハンカチで鼻と口元を覆ったシルヴィアは呟いた。

侍女はつぶやきに反応することもなく、小さく寝息を立てるだけ。念のため、鼻の間近で睡眠香を嗅がせ、顔や腕に触っても目を覚まさないことを確認する。

シルヴィアは侍女の背中に手を這わせると、白い前掛けの結びひもをほどきはじめた。

「少しだけ、この侍女服を借りるわね」

体を大きく動かさないよう注意しつつ、白黒のお仕着せを脱がせていく。侍女が風邪をひかないよう毛布をかけ、脱がした侍女服へと着替えた。

今日部屋にやってきた侍女は、シルヴィアと同じ金髪で、背格好も似ていた。皮肉なことにアシュナードに軟禁されていたおかげで、城内にシルヴィアの顔を直接知る人間は少ない。蠟燭の灯りが揺れるだけの夜間なら、簡単に正体がばれることは無いと思いたかった。

金髪をシニョンにまとめ、白い布で包む。小さく扉をあけ、周囲に人の気配がないことを確認すると、音も無く外へと滑り出た。

この城は政治中枢として機能する一帯と、皇帝であるアシュナードの居住部分とに分かれている。今いるのは居住区にあたる部分で、アシュナードと使用人しかいないはずだ。警備兵の掲げるランプから遠ざかるように歩けば、見とがめられることなく城内を進むことができた。

（こうして変装して抜け出してると、昔を思い出すわね）

足音を立てないよう気を付けつつ、懐かしい気分になる。

教国では聖女として崇められていたシルヴィアだったが、時には誰にも注目されず、気軽に振る舞いたくなる日があった。そういう時はこっそりと平の女神官の服を着こみ、かつらを被り眼鏡をかけ、お忍びで外を出歩いたものだ。

人目を避けて歩くのも、変装するのも慣れたもの。

周囲を警戒しつつ歩いていたシルヴィアは、ふと壁にかけられた絵画に目を留めた。

繊細な色彩で描かれた花々。その中の一輪のラナンキュラスが、記憶の呼び水となった。

（そういえば、変装中に会っていたあの子、ラナン君、今はどうしているのかしら？）

思い出すのは、金髪の小さな少年の姿だ。かわいらしく聡明で、心優しい子だった。

健やかに成長していれば、今頃は結婚し子供もいておかしくない年齢のはずだ。

（落ち着いて外に出られるようになったら、彼のその後を調べてみてもいいかも――っ!!）

淀んだ水に足を浸したような、微かな違和感を肌に感じる。

産毛の逆立つような感覚は、右手に曲がる廊下を進むにつれ強くなっていった。

（瘴魔の気配、こっちの方からね）

己の感覚に従い足を進めると、月光に照らされた中庭に出た。

蒼い月明かりが降り注ぎ、静寂の中で草木が枝葉を揺らしている。穏やかな、夜の帳に包まれた風景だったが、隅に植えられた低木の陰に、凝ったような瘴魔の残滓がある。

（この強さなら、つい先ほどまでこのあたりにいたはず。私の気配を感じて逃げ出したのね）

祝片の子が瘴魔の出現に敏いように、瘴魔もまた祝片の子らの存在を察知する。

シルヴィアには敵わないと察した瘴魔が、姿を隠した可能性が高かった。

（でも、これだけ残り香が強いなら、聖水が反応を示すはず）

祝片の子が自らの血をたらし、力を込めた水は、瘴魔に反応し光を発する聖水となる。

聖水は、微弱な瘴魔の気配に対してでは、反応を示さない。だからこそ、ある程度濃い気配の残る場所を突き止める必要があった。この庭に聖水をまけば、確実に変化が出るはずだ。

（あとは部屋に戻って、服を戻して、明日侍女に聖水の散布を頼めばいいわ。聖水の発光を見れば、さすがに瘴魔の存在を否定できな――――）

「夜歩きとは、わが妃には感心できない趣味だな」

「っ⁉」

鼓膜を叩く、しんと冷えた低音。

背後を振り向こうとするが、腕をつかまれ、庭木の幹に体を押し付けられてしまった。

（アシュナード……‼　いつの間にっ……⁉）

射すくめるような金の瞳が、間近からシルヴィアをのぞきこむ。腕をつかむ手は固く、獲物を捕らえた猛禽の爪のように、突き立てるよう強く食い込んでいる。

「痛いですわ、放してください」

「部屋から出るなと言ったはずだ。言葉が通じぬなら、体で覚えさせるしかないだろう？」

「言葉による対話を拒んだのは、陛下が先ですわ。私は何度も、外出したいと訴えました」

「まだ外に出る時期ではないと、そう答えたはずだ」

「相応しい時とはいつですか？　一年後ですか？　十年後ですか？」

「それはおまえの振る舞い次第だ。少なくとも私は夜陰に紛れ、侍女に扮して夜歩きをするような妃を、自由にさせるつもりはない。それに、少しはおかしいと思わなかったのか？　妃であるおまえに、一人の侍女しか見張りについていないことを。そして、その侍女が偶然おまえと似た背格好で、無防備に寝姿を晒したことを、不自然だと思わなかったのか？」

「…………そういったことでしたのね」

つまり、全てお見通し。最初からシルヴィアの計画に気づいて、泳がせていただけだ。

「……随分と、疑り深い方ですわね」

「疑う予兆はあった。おまえはドレスや宝飾品に執着する性質には見えなかったし、そこにあのブノワ染めのドレスを連想させる注文が来たからな。おおかた、ブノワ染めを用いて睡眠香を作ろうとしたんだろう？　試しに望み通り与えてみたら、見事釣れたというわけだ」

「ブノワ染めの睡眠香のこと、よくご存じでしたわね。陛下は博識ですのね」

「おほめに与り光栄だ」

くくっと、アシュナードは喉の奥で笑うと、シルヴィアの顎先を持ち上げた。

「ではそろそろ、そちらの言い訳を聞こうか。いもしない瘴魔の出現を騙ってまで、抜け出したのは何のためだ？　教国の人間と密会するためか？　それとも、一人寝の夜の寂しさに耐えられず、密通相手でも探すつもりだったのか？」

「違います。私の目的はただ一つ、瘴魔を探し、滅することだけですわ」

「その繰り言は聞き飽きた。もう少しましな言い逃れをしろ」

「嘘ではありませんわ。それを証明するため、陛下に一つお願いがあります」

シルヴィアは銀青の瞳を煌めかせ、わずかに体に力を入れた。

するとアシュナードも警戒心を強めた。シルヴィアの体を幹へと押し付ける力が強くなる。

「何を願う？　言ってみろ」

「簡単なことですわ。――――私を、押し倒してください」

言葉と共に、シルヴィアは重心を右にずらし、幹に背をこすりつつ体を倒した。

アシュナードは、シルヴィアが拘束から逃れることは警戒していたようだが、まさかシルヴィアが更に不自由な体勢になるよう動くとは、予想できなかったらしい。

シルヴィアの腕をつかんだまま、押し倒すような形で、アシュナードも共に倒れこんだ。

白いエプロンドレスが芝生の上に広がり、その上にアシュナードの影がかかる。

ほの蒼い月明かりに照らされ、しばらくの間、シルヴィアとアシュナードは見つめ合った。

「……おまえは一体、何を考えているんだ？」

「あら、この姿勢を見てもわかりませんか？」

冴え冴えとした月光より、なお冷めた金の瞳に射られ、シルヴィアはゆったりと微笑んだ。

対するアシュナードは唇を歪めると、嘲笑を口の端に乗せた。

「なんだ、色仕掛けで誤魔化すつもりか。そこまで陳腐な女だとは、見込み違いだったな」

「まさか。私と陛下は夫婦ですもの。色仕掛けなんてしませんわ」

「ならばおまえは、何がしたい？」

「わかりませんの？　そんなことも理解できないなんて、こちらの方こそ見込み違いですわ」

シルヴィアの挑発に、アシュナードの金の瞳が、刃のように鋭さを増した。

（よしよし、少しはそのすかした顔が崩れてきたわね）

主導権を取り返しつつある感触に、シルヴィアは心の中でにやりと笑った。

「陛下は軍人でしたわよね？　ならば、気づきませんか？」

「それはどういうこ――――」

アシュナードは口をつぐむと、わずかに背中を強張らせた。

（歴戦の軍人だけあって、敵の気配には敏感なのね）

静かに臨戦態勢へと移行したアシュナードの視線の先には、黒くぼやけた獣――瘴魔の姿があった。瘴魔は庭園の影像から真紅の瞳をのぞかせ、音も無くこちらをうかがっている。

距離はまだ遠かったが、シルヴィアの探知能力は誤魔化せなかった。

「――――瘴魔か。まさか、本当に出現していたとはな」

「納得いただけました？」

さすがのアシュナードも、いるはずのない瘴魔に、驚きを隠しきれないようだった。

「おまえが押し倒されたのは、瘴魔を油断させ、おびき寄せるためか」

「ご明察です」

瘴魔に気づかれないよう、小さく声を潜め会話する。

瘴魔は獣の姿をとるが、人の姿を観察し、隙をうかがう程度の知性は存在する。今宵の瘴魔も、シルヴィアの気配を察して一旦は隠れつつ、こちらの様子をうかがっていたのだろう。

「瘴魔には、陛下が私を襲い、自由を奪っているように見えるはずです。瘴魔は私たち祝片の子を恐れますが、同時に憎い敵である私たちを殺す機会を探しています」

「おまえが窮地に陥ったと見て、姿を現したというわけか」

「話が早くて助かりますわ」

アシュナードの声に動揺はない。油断なく瘴魔と、シルヴィアの動向をうかがっていた。

(戦場で軍功をあげ帝位に上り詰めただけあって、こういう時でもうろたえないのね)

封印の儀によって、この十五年間は、瘴魔の出現が見られなかったはずだ。現在二十四歳のアシュナードは、十五年前はまだ幼く、まともに瘴魔と対峙したことも無かったはず。にもかかわらず、その瞳に恐れや怯えは見られない。眼光を研ぎ澄まし、不敵な笑みを浮かべていた。

「瘴魔の釣りだしには成功したようだが、あれを退治する算段はあるか？」

「もちろんですわ。あの程度の小物でしたら、すぐに浄化できます」

自信をもって、シルヴィアは断言した。

(百聞は一見にしかず、ってね。聖女としての力、たっぷりと見せてやろうじゃないの)

アシュナードの乱入のおかげで、結果的に瘴魔をおびき出すことができたのだ。

ならば早急に瘴魔を浄化し、アシュナードに聖女としての力を誇示するのが望ましい。

（瘴魔の出現が証明された以上、私の浄化能力は、交渉道具になるもの）

城に現れた瘴魔は、この一体だけとは限らないのだ。シルヴィアの浄化能力は、軟禁状態を脱する、糸口になるのは間違いなかった。

瘴魔を滅することができるのは、祝片の子だけだ。瘴魔出現は忌むべき事態だが、どうせなら精一杯利用し、自由を得る足掛かりにすることにする。

「陛下、しばらくそのままの体勢でお願いしますわ。もう少し瘴魔に近づいてもらわないと、浄化の力を使おうとした途端、逃げられてしまうかもしれませんから」

「このまま、おまえを拘束していればいいのか？」

「ええ、浄化の力は、この姿勢でも使えますか――――ひゃうっ⁉」

悲鳴をあげ、子ウサギのように肩を跳ね上げる。

首筋にあたる、熱く湿った感触。

白の襟元からのぞく素肌に、アシュナードが唇を押し当てていた。

「な、何をするんですのっ⁉」

「あの瘴魔に、おまえが身動きできず、もがく様を見せつける必要があるんだろう？　それらしく見えるよう、協力してやろうと思ってな」

「だからといって、なんで私の肌に触れ、っつ⁉」

アシュナードの吐息が耳朶をかすめ、思わず身をすくめてしまう。

（くっ……!!　こっちが余裕を見せたらすぐさま崩しにくるなんて、本当性格悪いわね!!）

確かにこれなら、より一層、シルヴィアが困り追い込まれているように見えるかもしれない。

だが、それにしたってやりすぎだ。

甘く睦言のように囁きながら、アシュナードの瞳は、こちらを見下すように笑っている。月光に濡れた髪が艶を放ち、酷薄な笑みが美しい容貌を引き立てていた。

「なんだ、もうやめた方がいいのか？　聖女とは、こうして触れられただけで、何もできなくなってしまう程度のものなのか？」

「……みくびらないでください」

乱れた息を整え、シルヴィアは言い放った。

（犬！　これは駄犬に噛まれたようなもの!!　何も恥ずかしくないし動揺しないっ!!）

全力で自分に言い聞かせ、表情筋を駆使し平静を保つ。

アシュナードの存在を頭から締め出しつつ、そっと瘴魔の様子をうかがった。

（こちらの演技に騙されて、近づいてきているようね）

身を潜めていた彫像の裏から出、低木の陰から真紅の瞳を光らせている。

しゃくなことだが、アシュナードの接触に動揺したことで、隙ありと見られたらしい。

シルヴィアは一度大きく瞬きすると、すぅと息を吸った。

吸い込んだ夜気を追うように、体の内側、臓腑の奥へと意識を傾ける。

呼吸するごとに、体の芯から四肢へと、清冽な流れが満ちていくのがわかる。

「ほぅ、これは……」

シルヴィアの変化に気づき、アシュナードが興味深そうに呟く。

密着したアシュナードの体も、恥ずかしさも、瘴魔浄化へと集中した今はささいなものだ。

瘴魔に気づかれないよう、シルヴィアの内側だけで、強く強く力を高めていく。

それはまるで、ふちまで水を注がれた器を捧げ持つように。

静かに深く、感覚を研ぎ澄ましていると、瘴魔の気配が揺らいだ。

（きたっ‼）

漆黒の四肢を躍らせ、瘴魔が勢いよく飛び掛かってくる。

爛々と輝く真紅の瞳を見据え、シルヴィアは力を解放した。

「────光よ‼」

凜とした声音に導かれるように、シルヴィアの全身から光が立ち上った。

白光は四方へとあふれ出し、瘴魔の体を中空へと貼り付けた。

『～～～～～～～‼』

濁った咆哮をあげ、瘴魔が激しく全身をばたつかせる。

シルヴィアはアシュナードの体を押しのけると、すいと姿勢よく立ち上がった。

解けた髪が月光に躍り、黄金の帳のごとく背へと流れ落ちる。

苦しみもがく瘴魔を憐れむように、シルヴィアはそっと呟いた。

「――――眠りなさい」

宣告と共に、渦巻く光が瘴魔へと集中する。光に呑まれた瘴魔の輪郭が溶け、薔薇の花弁のように散ってゆく。眩い花弁が嵐のように舞い散ると、そこに瘴魔の体は一かけらも無かった。後に残るのは天上の月と、浄化の光の名残を受け、淡く輝くシルヴィアの横顔だけだ。

「……なるほど、これが聖女の力というわけか」

「あら、驚かれましたか？」

「あぁ、驚いた。――――美しいな」

小さく笑うと、アシュナードはシルヴィアの髪を一房手に取った。その手つきが存外優しく、花を捧げ持つようであったため、シルヴィアはとまどいを覚えた。

「いきなりなんですの？　浄化の光に対する賛辞なら、聞き飽きておりますわ」

「心外だな。私が称えたのは、おまえ自身だぞ？　おまえは美しい。そして美しいものは、手の内に閉じ込めたくなる性分でな」

言葉だけをとれば、愛を囁く恋人のようだ。

だが、シルヴィアの髪を撫でていた手は、今やその肩の上に置かれていた。肩にかかる力は強い。万が一にも、シルヴィアがこの場から逃げ出さないよう、留めるためのものだった。

（やっぱり、油断ならないわね）

甘い言葉も、触れる指も、全てはこちらを動揺させるためのもの。
腹立たしい一方、そう考えた方が楽だと、何故かそう思った。

「ご冗談を。私を軟禁したいのは、私を孤立させ、味方を作らせないためでしょう？」

「人をつき動かす理由は、一つだけとは限らないさ」

「そうかもしれませんわね。でもどちらにしろ、その願いは叶いませんわ」

シルヴィアが自信をもって笑うと、中庭の入り口から、いくつもの足音が聞こえてきた。

「おい、そこのおまえたち、何者だ!? 賊が閃光弾でも使って――陛下っ!?」

駆け寄ってきたのは、黒のマントを被り槍とカンテラを手にした、城の警備兵たちだ。
警備兵はアシュナードの姿を認めると、今にも気絶しそうなほど顔を青くした。

「す、すみませんっ!! 陛下とはつゆ知らず、ご無礼をっ!!」

「気にするな。お前たちは、さきほどの光を見て駆け付けたんだろう？」

「はっ、その通りであります!!」

警備兵たちは一列に並び敬礼すると、今度はシルヴィアへと目を向けた。
月光に金の髪をたなびかせ、皇帝であるアシュナードの隣に臆することなく立つその姿。
衣服こそ地味な侍女服だが、可憐ながらも悠然としたたたずまいに、警備兵たちは気圧されたようだった。シルヴィアは彼らに微笑みかけると、胸の前で手を組み、澄んだ声で呟いた。

「――光よ」

「なっ、この光は!!」

「さきほどの光、侍女、おまえの仕業だったのか!?」

あふれ出した光に照らされ、警備兵たちは身構えた。

表情を硬くした警備兵たちを前に、シルヴィアは白鳥のように両腕を広げ、名乗りを上げた。

「えぇ、この光を生み出したのは私――聖女シルヴィアです」

立ち上る光が白い肌を際立たせ、シルヴィアを夜気に浮かび上がらせる。神秘的なその立ち姿に、警備兵たちが呆けたように唾を呑み込んだ。

「あなたが、我が国に嫁いできた聖女様？　ですがでしたらなぜ、侍女の服などを着て？」

「秘密裏に城内を調査するため、変装していました」

「城内の調査を？　不審者の対処のためでしたら、私たちにお任せください」

「皆様のお力は心強いのですが、今回の件では私自らが動く必要がありました。なぜなら相手は人ならぬもの、瘴魔だったのですから」

「瘴魔、ですか……？　瘴魔は聖女様のおかげで、十五年前に滅んだはずでは……？」

信じられないといった様子で、警備兵たちが顔を見合わせる。

シルヴィアは惑う彼らを導くため、鈴を振るような声で言葉を続けた。

「先ほどの光は、瘴魔を浄化するためのものですわ。ご年配のかたなら、瘴魔を祓う浄化の光を、かつてご覧になったことがありますよね？」

警備兵の中でも年かさの、いかつい髭の男に視線を向けると、男は首を縦に振った。

「はい。私は昔、祝片の子が浄化の光を放つ姿を見たことがあります。ですが、その時の光は今よりずっと弱々しく、遠くから見えるほどの光量はなかったはずです。あれほど強い光を放つということは、あなた様はやはり……」

「えぇ、信じてもらえましたでしょうか？　今宵、瘴魔が出現しましたので、退治させてもらいました。お騒がせし、申し訳ありませんわ」

「はっ、こちらの方こそ聖女様を疑い、すみませんでした!!」

優雅に一礼すると、警備兵たちは慌てて敬礼を返してきた。

彼らのシルヴィアを見る目は、貴人を見上げるものだ。警備兵たちの姿を満足げに眺めていると、傍らにアシュナードが寄り添ってきた。

「なるほど、これを狙っていたのか」

「あら、なんのことでしょうか？」

警備兵たちの手前、シルヴィアは笑顔でしらを切った。

――いつまでもアシュナード一人を相手にしていては、こちらの自由を握られたままだ。

ならば他の人間を巻き込み、瘴魔の出現と、シルヴィアの価値を認めさせるほかない。

（本当はあの程度の瘴魔、もっとひっそり浄化できたものね）

あえて強力な浄化の力を使い、光を発生させ、警備兵たちを呼び寄せたのだ。

「久しぶりの瘴魔退治でしたが、陛下のお力添えのおかげで、無事浄化することができました。陛下に用意していただいた侍女服、城内を歩き瘴魔を探すのにとても役立ちましたわ」

「あぁ、お前の方こそよくやってくれた。あれほど見事に浄化してくれるとは、私も予想していなかったがな」

シルヴィアにしか伝わらない皮肉を織り交ぜながらも、アシュナードが芝居に乗ってきた。

（よし、計画通り。軟禁していた妻が、自分で侍女服を調達して部屋を抜け出してました、なんて言ったら、自分の城内で、妻の行動すら御せない無能ということになってしまうものね）

最悪の場合、アシュナードが瘴魔の存在を否定し、全てを部屋から抜け出したシルヴィアの狂言扱いする可能性もあった。だが、警備兵たちはシルヴィアの言葉を信じていたため、強引な手を取ることも難しいと考えたのだろう。

さすがのアシュナードも瘴魔の存在を認めないわけにはいかず、シルヴィアのもちかけた嘘に合わせるしかなかったのだ。

これで軟禁状態を脱するための、一つ目の山場は乗り越えた。

手ごたえを感じ、ほんの少しだけ気を緩めると、ふいにその視界がかげった。

（あれ、何これ、すごく眠い――――？）

四肢を搦め捕る眠気に、足がふらつき体が傾ぐ。

深い淵に引きずり込まれるような感覚。まるで、封印の儀の時に感じた睡魔のようで――

「おい、大丈夫か？」

訝しげな声と背中に当たる衝撃。水底から浮上するように、意識が引き戻される。

背に添えられた骨ばった手に、目の前にある厚い胸板。

アシュナードに抱き留められたのだと理解した途端、慌ててシルヴィアは身を離した。

「え、ええ、もう大丈夫です。慣れない夜歩きに、立ち眩みをおこしただけですわ」

眠気は未だ残っていたが、アシュナードの前で隙を見せるわけにはいかない。

シルヴィアが笑顔の仮面を被ると、それ以上はアシュナードも深く追及することもなく、警備兵たちに指示を与え始めた。

「ご苦労だった。今夜の瘴魔の出現については、こちらの指示があるまで口外禁止だ。持ち場に戻り、職務に励め」

「了解いたしました。ですが念のため、聖女様に何人か護衛を残した方がよろしいのでは？」

「護衛に人員を割く必要は無い。彼女のことは、私が寝室まで送り届けよう。お前たちには悪いが、二人で話したいことがあるからな」

「はっ。差し出がましい申し出をしてしまい、申し訳ありませんでした!!」

アシュナードがシルヴィアの腰に手を添え抱き寄せると、警備兵は納得したように返答した。

夫婦二人きりの時間を邪魔するのは無粋で、不敬であると察したのだろう。

(実際は、まともにしゃべったことも無いけどね)

だからといって、不仲を公にしては、面倒ごとが多くなる。シルヴィアは警備兵の勘違いを訂正することなく、アシュナードの言葉に合わせることにした。

「陛下、夜はまだ長いですわ。今夜は寝室で、たっぷりとお話ししましょうね？　私、とても楽しみです」

にこやかに言うシルヴィアから、気まずそうに警備兵らが視線を外した。

夫婦二人きりで、寝室で、楽しみ――

――その言葉と、警備兵らの視線の意味に思い当たり、シルヴィアが悶絶することになるのは、また別の日の話である。

シルヴィアが自室に戻ると、服を拝借した侍女は、まだ眠り込んでいた。肩を揺すって覚醒させ、混乱する彼女をなだめ、服を取り換えさせる。

陛下と二人きりで話がしたい、と侍女を下がらせ、アシュナードを部屋へと招き入れた。

「さぁ陛下、どうぞゆっくりとお寛ぎくださいませ」

「心にも無いことを言うな。今は二人きりだ。夫婦円満だと、無駄な芝居も必要ない。今夜の瘴魔について、手早く話を済ませるぞ」

アシュナードは言い捨てると、ビロード張りの長椅子に、長い足を組み腰かけた。

(……無駄に偉そうで無礼なくせに、それで様になってるから腹立たしいわね)

傲然とした振る舞いも、並外れた美貌のせいで絵になるのが憎たらしい。

シルヴィアは机の引き出しから手紙を取り出すと、アシュナードへと手渡した。

「これは以前陛下から届いた手紙ですが、瘴魔の気配が染みついていました」

「私には全く感じられないが、勘違いではないんだな?」

「普通の人間や力の弱い祝片の子ではわからないでしょうが、私の感知能力は誤魔化せません。うっすらと微弱ですが、これは瘴魔の残り香です。陛下の近くか、あるいは手紙の配達経路のどこかで、瘴魔が近くにいたと考えられます。最近、城内で不審な黒い獣を見かけたという報告はありませんでしたか?」

「あがってきていない。具体的に、どれほど瘴魔に近づくと、気配が移るものだ?」

「断言はできませんが……だいたい、声の届く範囲でしょうか? ただ、間に遮蔽物があったら、直接姿は見えなかったかもしれませんが……」

「城内は衛兵を置いているが、死角となる箇所もある。先ほどの瘴魔程度の大きさで、獣の俊敏さを備えていれば、見逃しているかもしれないな」

「そうでしたか……」

手がかりが残されていないと知り、シルヴィアは黙り込んだ。

「……念のため確認するが、先ほどのあれは、確かに瘴魔だったのか？」

「間違いありません。祝片の子である私の力を受け消滅したのが、何よりの証拠でしょう？」

「祝片の子の力で退治できたから、あれは瘴魔である、か」

皮肉気な笑みを、アシュナードは唇に刻んだ。

「なぜ笑っていますの？　私、何かおかしなことを言いましたか？」

「気にするな。まだ、お前の知る必要のないことだ」

気になる。だが、これ以上アシュナードは、その点について話を掘り下げる気は無いようだ。

シルヴィアは頭を切り替えた。

「この城での瘴魔退治は、私にとっても予想外のものですわ。十五年前、私の行った封印の儀は、確かに成功しました。教国に伝えられた古文書に基づけば、少なくともあと五十年は、瘴魔の出現はないはずでしたもの」

「私も、そして各国の王たちも、教国からそう聞いていたな」

「だからこそ、私にもわからないのです。それに、もし瘴魔の復活が早まったとしても、この城に現れるのはおかしいのです。瘴魔の多くは、大陸に散在する『吹き溜まり』と呼ばれる、穢れの溜まりやすい場所で発生するものですから」

「城内で瘴魔が見られるのなら、各地の『吹き溜まり』の近くで、瘴魔の目撃情報が無ければおかしいからな」

「その通りです。陛下の下には、瘴魔出現の報は届いていないのでしょう？　なのに瘴魔は、この城に現れた……」

小さく目を伏せると、シルヴィアは考えを巡らせた。

(ひょっとして、眠り続けるはずの私が目を覚ましたのと何か関係があるのかしら？)

封印の儀は成功し瘴魔は一掃されたはずだが、シルヴィアの目覚めといい、何か不測の事態が起こっているようだ。

封印の儀は、シルヴィアが十五年前に術を発動させた時点で、完遂されたはずだった。

なのに、シルヴィアがこの国に嫁いできたのと前後して、いるはずのない瘴魔が出現した。

(原因は、私なの？　私のせいで、この国の人が、瘴魔に襲われてしまったら……)

シルヴィアは首を振り、暗い想像を頭から追い出した。

今の段階で、無闇に推測を進めても意味が無い。

「……瘴魔出現が何を意味するのかは、私にもわかりませんわ。ですが、今夜の瘴魔の他にも、まだ潜んでいる可能性があります。瘴魔の被害を食い止め、発生原因を突き止めるためにも、私の軟禁を解いてくださいませ」

「おまえが動けば、瘴魔の餌食になる人間はいなくなると？」

「それが、聖女である私の務めですから」

言い切った言葉に嘘は無い。

軟禁状態を脱したいのも本当だが、シルヴィアの嫁いだこの帝国で、瘴魔の爪に倒れる人間が出たら、聖女の名が泣くというものだ。

アシュナードは無言でシルヴィアを見つめると、薄く唇を開いた。

「ならば、一つ条件がある。瘴魔の再出現については、無用な混乱を避けるため、広く公表することはできない。おまえが勝手に動いて、面倒ごとを引き起こすのも禁ずる。この部屋を出て瘴魔について調べるのなら、私と行動をともにしろ」

「それでは、今と大差ありませんわ。早期解決のためにも、私は自由に動きたいですわ」

「ならば尚更、おまえは私とともにいるべきだ」

「どういうことですの？」

「瘴魔の狙う対象が、私である可能性が高いからだ」

アシュナードが瞳を鋭くした。

「瘴魔が、よりにもよって敵の多い私の近くで現れたことを、不自然だとは思わなかったか？それにおまえと違い、私に瘴魔の浄化能力はない。瘴魔をけしかけられやすいはずだ」

「それは……」

アシュナードの敵――――つまり瘴魔の再出現に、人間が絡んでいるということだろうか？

シルヴィアにとって、瘴魔は害獣と同じだ。人の世の外より襲来する、災害のようなもの。

だが、いないはずの瘴魔が姿を現した以上、何か不測の事態があるのは間違いない。例えばそれが、人為を介した瘴魔の出現である可能性も考えられる。

シルヴィアは今や、公にはアシュナードに最も近しい位置にいる人間だ。

そんな状態で、もしアシュナードが瘴魔に襲われることがあれば、手落ちにもほどがある。

「わかりましたわ。しばらくは、陛下にお供し、一緒に動きたいと思います」

「わかればそれでいい」

「……では、帝都の南にあるレナンド教会への訪問予定を組んでもらえますか？　あの教会の近くには、『吹き溜まり』がありますから、この目で確認しておきたいのです」

瘴魔の生まれ出づる『吹き溜まり』の中には、人里近くに位置するものもある。そういった場所には、瘴魔の被害を広げないよう、祝片の子の常駐する教会が設置されるものだ。

現在は瘴魔の脅威は無くなっているはずだが、建物の維持管理のためにも、教会には教国から派遣された人間がいるはず。彼らに話を聞き、不審な点が無いか尋ねるつもりだ。

(本当は、もっと自由に動ければいいのだけど、教国と帝国の力関係を考えると難しいわね。ここがアシュナードの支配する帝国内である以上、あまり無茶もできないもの)

今のところ、アシュナードにシルヴィアや、教国を直接害する気はないようだが、信用することは到底できない。教国の人間と連絡の取れる、貴重な機会を逃すこともできなかった。

「できるだけ早く教会を訪問したいのですが、いつ頃になりそうですか？」

「明日明後日は外せない会談が入っているから、三日後の昼下がりだ」

「わかりましたわ。では、夜ももう遅いですし、今夜はここまでにしましょうか」

アシュナードに退出をうながし、見送りのためにと席を立つ。しかし、アシュナードが腰を浮かせる気配はない。それどころか、長椅子の座面に足を投げ出し体を横たえてしまった。

「……そこは、陛下の寝台ではありませんよ？」

「あぁ、上質な布と綿を使っているが、寝心地は良くないな」

不満を言いつつも、アシュナードが身を起こす気配は無かった。

「気持ちよくお休みになりたいなら、寝台に行ってくださいませ」

「なんだ、おまえ、私と同じ寝台で寝たいのか？」

「何故そうなるのですか。陛下の寝室に戻って、一人で眠ればよろしいでしょう」

「私だってそうしたいさ」

「でしたら、何故ここで？」

「考えてみろ。おまえと私は、形だけとはいえ婚姻関係にある。そして先ほど、警備兵たちの前で、二人っきりでおまえの部屋に行くと言ったんだ。警備兵たちは当然、私たちが夫婦らしく寝台の上で夜を過ごすと思うはずだし、そう勘違いしてくれた方が都合がいい。なのに、わずかな時間で私が部屋を出たら不仲を怪しまれるし、厄介だろう」

「それはまぁ、そうですけど……」

シルヴィアは歯切れ悪く答えた。

（夫婦って、そういうもの？　一晩中同じ部屋にいなきゃいけないってこと……？）

シルヴィアには、誰かに恋をしたことも、その先の段階へ進んだ経験も無かった。

聖女として、封印の儀に臨むと決めて生きていたから、まさか結婚することになるなど想像していなかった。夫婦の在り方についての知識も乏しかったが、それを表面に出して、アシュナードに弱みを晒すわけにもいかない。

「陛下のお考えはわかりました。ですが、長椅子で寝て体を痛められたりしたら、そちらの方が厄介です。寝台を譲りますので、そちらでお休みくださいませ」

「それならば、おまえはどこで眠るのだ？」

「陛下が起きるまで、この部屋で書物でも読んでおりますわ」

皮肉にして幸いなことに、アシュナードと違って、時間だけは有り余っているのだ。睡眠時間の不足は、日中の仮眠で補えばいい。そう思い、徹夜のお供の書物を手に取ろうとしたところ、アシュナードに引き留められてしまった。

「やめておけ。書物を読んでいるうちに居眠りし、体を冷やすのがオチだろう」

「ご心配なく。私は眠りこんだりしませんわ」

「うたたね聖女様に言われても、説得力が無いな」

「誰がうたたね聖女ですか。変な呼び名を、勝手に人につけないでくださいませ」

「なんだ知らないのか？　寝台から離れられず部屋から出ないおまえの姿を見て、民たちはうたたね聖女と呼んでいるぞ？」

「……それは、陛下が私を部屋に閉じ込めていたせいでしょう。事実無根ですわ」

随分と情けないあだ名を、知らない間に付けられていたものだ。

よりにもよって元凶であるアシュナードに、その名で呼ばれたくは無かった。

「おまえは、うたたね聖女という名を訂正して欲しいんだろう？　ならば、しっかりと睡眠をとるべきだ。一度昼夜が逆転すると、しばらくは日中も眠気に襲われるもの。三日後の教会訪問で眠たげな眼をしていたら、よりうたたね聖女の名が強固になるだけだ」

「たとえ眠気があろうとも、聖女の名にかけて、人前でうたたねなんてしませんわ」

「現に先ほど、人前で意識を失いかけていたのに、か？　いくらおまえが立ち眩みだと主張しようと、うたたね聖女という呼び名を知る人間が見れば、どう思うかわかっているだろう」

「…………」

黙り込む。アシュナードは目をつむり、シルヴィアを見ることも無く唇を開いた。

「私なら軍隊経験のおかげで、寝台以外で眠ることにもなれている。だから、寝台はおまえが使って問題ない」

適材適所というやつだと呟くと、それきり会話を打ち切ってしまった。

「…………お休みなさいませ、陛下」

睡眠態勢になるアシュナードの姿に、シルヴィアも仕方なく諦めた。寝室から毛布を運び、アシュナードにかけ、燭台を吹き消し寝室に入る。扉を閉めると、柔らかな寝台へと勢いよく身を投げ出した。

(うぅ……お布団気持ちいい。でも、気持ちいいからこそ、悔しいわね……)

半ば言い負かされるように寝室に追いやられ、敗北感でいっぱいだ。

肌触りのいいシーツの感触が、今は少しだけ恨めしかった。

(あの陛下、本当に性格が悪いわ。そんなに私を寝台で眠らせたいのなら、あんなあだ名なんて持ち出さず、素直にそう言えばいいのに――――って、うん?)

自分の思考にふと引っ掛かりを覚え、首を傾げる。

(ひょっとして陛下、私の体調を心配していたのかしら?)

うたたね聖女と、人を馬鹿にしたような物言いだったが、結果的にシルヴィアは、寝心地のいい寝台を使うことになったのだ。

(血も涙も無い人間かと思っていたけど……)

意外といい人――――とまでは思わないが、情ややさしさ、思いやりといったものの持ち合わせが、皆無では無いのかもしれなかった。

(人を気遣う気があるなら、もっとわかりやすくしてくれればいいのに……。なんでああも高圧的なのかしら………)

とめどなく考えていると、シーツに体が沈み込むようで、睡魔が忍び寄ってきた。

（……そういえば、さっき急激な眠気を感じたのは何だったのかしら？）

祝片の子が限界近くまで力を使うと体力を消耗し、身動きできなくなることはある。

だが聖女であるシルヴィアにとって、先ほど瘴魔に使った程度の力は全力には程遠かった。

（十五年間眠っていたせいで、まだ本調子ではないのかしら……？）

一抹の不安が、まどろみの中で浮かび上がってくる。

原因不明の強烈な眠気。目覚めないはずが、なぜか意識を取り戻した自分。いるはずのない瘴魔の出現。思惑の読めないアシュナード。

わからないことだらけで心もとないが――

（でも今は、眠らなきゃ。せっかくあの陛下が寝台を譲ってくれたんだもの、しっかり眠らなきゃもったいないわ）

あれこれと考えるのは、睡眠をとって頭をすっきりとさせた後だ。

眠気に身を任せ、思考の手綱を手放す。沈みゆく意識の中で、アシュナードの姿がよぎった。

（陛下の方も、よく眠れているといいのだけど――）

さきほど、長椅子で瞳を閉じたアシュナードは高慢な雰囲気が消え、少しだけ幼く見えた。

その姿にどこか懐かしさを感じつつ、シルヴィアは寝息を立て始めたのだった。

第三章　猫を被らば笑顔が鎧

シルヴィアが封印の眠りについた十五年前――より更に一年ほど時を遡った日のある昼下がりのこと。彼女は珍しく暇を持て余していた。

（目を通しておいた方がいい書類も、瘴魔浄化の予定もないし、どうしようかしら）

自室の書き物机で頬杖をつき、何かやるべきことがないかと確認する。

今のところ近場で、瘴魔の浄化依頼は無い。日々聖女として職務に励んでいたおかげだ。会談の申しこみもなく、夕方の祈りの時間まで、ぽっかりと予定が空いていた。

日は高く麗らかで、開け放たれた窓から、柔らかな春の風が吹き込んでいる。

（ここのところ急に冷たい風が吹いたり、夏みたいな日照りになったり、天気がおかしいことが多かったけど、今日は気持ちよく晴れているわね）

こんな日は部屋に閉じこもるより、外に出て、春の空気を感じたかった。

外出を決めると、シルヴィアは衣装櫃の奥から、簡素な若草色のエプロンドレスを取り出した。裾の長い聖女の仕事着から着替え、襟元を整える。金の髪を頭頂部に巻き付けるようにしてまとめ、部屋の隅に置かれた洗面器で顔を洗い、鏡台へと座る。いつもは聖女らしく、神秘的かつ清楚な印象を演出するよう化粧を施していたが、今はその逆。頬紅は血色良く見える赤みの強いもの。目元は幼さを強調するように。鼻の周囲にそばかす風の化粧を散らし、分厚い硝子の伊達眼鏡をかけ、鏡で出来上がりを確認した。

（うん、よしよし。これならバレないでしょ）

普段のシルヴィアを知る人間に見られても、簡単には気づかれない自信がある。

大きな青い瞳は伊達眼鏡で目立たなかったし、何より、潑溂として活発そうな表情――いつも被っている特大の猫を外したシルヴィアの雰囲気は、別人と言って差し支えない。

仕上げに、こげ茶のカツラを被り三つ編みにした。部屋を出て、扉の前に控えていた妙齢の女神官に、夕方までには帰ると告げておく。女神官は養父ハーヴェィと旧知であり、シルヴィアのお忍びにも目こぼしをしてくれていた。

（今日はどこに行こうかしら）

スカートを揺らし、軽やかな足取りで歩き始める。

素朴な年頃の娘にしか見えないその姿に、特別な注意を払う人間はいない。聖女として人々の注目を浴びるシルヴィアにとって、羽を伸ばせる貴重な時間だ。あまり目立つことはできないが、こっそり町へ行き、買い食いをし市場を回ることはできる。

大陸全体では瘴魔や異常気象に苦しむ場所も多かったが、多くの祝片の子を抱える教国は瘴魔退治による褒賞で潤い、生活水準が維持されている。比較的治安も良く、日の出ている間であれば、女の一人歩きでも問題は起きなかった。

門前町へ降りるため、人気の少ない道を選び歩く。白壁と、頭上にまで葉を伸ばした植樹に挟まれた小道に出た。誰ともすれ違わないことが多い裏道だが、今日は珍しく先客がいる。

（金髪の、男の子……？）

木の幹に寄りかかるように、小さな少年が体を丸めていた。眠っているようだが、木陰の空気はひんやりと冷たい。放置しては風邪をひいてしまうかもしれなかった。

「ねぇ、起きて。こんなところで眠っちゃだめよ」

しゃがみこみ、少年の背を叩く。

「う……うん………？」

ぼんやりと顔をあげた少年の額で、長めの金の前髪が揺れる。寝ぼけ眼をこする少年の表情は愛らしく、少女と見まがうほど繊細だ。

（わぁ、かわいい子。でも頬のがさがさした汚れって、これ、たぶん涙の痕よね。泣きつかれて眠ってしまったのかしら？）

今いるのは人通りが少ない、やや入り組んだ場所だ。ひょっとして迷子で、帰り道がわからなくなってしまったのだろうか。心配になり、少年に尋ねることにした。

「君、大丈夫？　近くにお母さんはいる？」

「……母は、いません。持病が悪くなって死んでしまったと、国から手紙が届きました」

沈んだ声で言い、少年は顔を背けた。唇を噛み感情をこらえる姿に、胸が痛んだ。

（悪いこと聞いちゃったわ。この様子じゃ、母親の死に目に立ち会うこともできなかったのね……。この子、他の国から留学にやってきているのかしら？）

多くの祝片の子を抱える教国は、瘴魔に悩まされる国々にとって、欠くことのできない存在だ。他国は教国とのつながりを深めるため、留学の名目で、自国の青少年を教国に送ることが多かった。留学生の多くは十代後半から二十代半ばの青少年だったが、時として目の前の少年のような、十前後の幼い子供が派遣されることもあった。

少年は自由に帰国することもできず、最後に母の姿を見ることも叶わなかったのだ。

「……亡くなられたお母さんが、天の御園で安らげることを」

「……ありがとうございます」

涙をこらえるように、少年は深くうつむいた。

（人前で、涙を見せることもできないのね）

やせ我慢だ。だが強がっていないと、自分を保てないのかもしれなかった。

ここは少年にとって異国で、心を許せる人間もいないのだろう。だからこそ隠れるようにして泣き、疲れて眠り込んでしまっていたのだ。

よく少年を観察すると、首筋や腕に擦り傷が走り、青あざらしきものが浮かんでいた。

（この国に馴染めず、周りの子たちに虐められているのかしら）

子供というのは往々にして、異物の存在に敏感で容赦がないものだ。

ありふれた話だが、実際に遭遇すると、ただ見ているだけというのは心苦しかった。

「……ねぇ君、今から少し、時間はあるかしら？」

「……僕に、何か用なんですか？」

「一緒に、お母さんの好きだった花を買いに行かない？」

「花を？　でも、ここで買っても、国に帰ってお墓に供える頃には枯れてしまいます」

「知り合いに、ドライフラワーを作るのが得意な人がいるの。彼女に頼めば、形を保ったまま運んで、お母さんのお墓に供えることもできるわ」

「……いらないです、花なら、帰国してから用意すればいいですから」

「えぇ、もちろん、国に帰ってから瑞々しい花を買うのもいいわ。でも、今から買いに行く花は、君のためのものよ」

「僕のため？」

きょとんとした顔で、少年が首を傾げた。

「お母さんが好きだった花を身近に置けば、お母さんを思うよりどころになるわ。悲しくて泣きたくなったら、その花の前でだけ泣くようにするのよ」

故人を偲ぶ品物をよすがとして、明日に向かうしかない時もある。

シルヴィアが聖女として赴いた村では、瘴魔に襲われ、家族を亡くした人間が何人もいた。

彼らは故人の形見や好きだった花を手元に置くことで、耐え難い喪失を和らげようとしていた。花一輪とはいえ、少しでも少年の悲しみの支えになればいいと思う。

「……………変なお姉さん。どうして、知り合いでもない僕に構うんですか？」

「私も昔、似たような思いをしたからよ」

頼れる相手も無く、人知れず泣くしかできない姿に、かつての自分が重なってしまうのだ。

（ハーヴェイ様のように、この子の面倒をずっと見ることは私にはできない。でも、この子が母親の死から立ち直る手助けを、少しでもできたらいいわ）

無駄なお節介かもしれないが、放っておくことはできない。

少年の手を取り立ち上がらせる。肌は冷たく、ぬくもりを失った体温が痛々しい。

「ほら、まずは何か温かいものでも食べに行きましょう。しばらくこの国にいるなら、美味しいお店を知っておくと役に立つわ」

「……あなたは、やっぱり変な人です」

「変？　私のどこが？」

「情けなく泣くくらいなら、国に帰れとは言わないんですね」

「大切な人がいなくなったら、涙が出るのが自然よ。それに君は、自分から帰りたいとは、一言も口にしなかったわ。だから私も、君の選択を否定したくはないの」

少年はまだ幼いが、それでも自らの意志で、この国に留まることを選んだのだ。

少年の背負う事情や思いまではわからなかったが、無責任な言葉でその決意を揺るがせることは、ただ少年を苦しめるだけだ。

(部外者である私ができることと言ったら、ほんの少し、気を紛らわせることくらいだもの)

少年の手を握りこむ。すると、おずおずと少年も握り返してきた。

「さ、行きましょう。そういえば君、名前はなんていうのかしら?」

「僕の名前は――――っ」

名を言おうとし、少年の声が小さく掻き消える。どうしたのかと顔をのぞきこむと、気まずそうに金の瞳をそらされてしまった。

「……教えたく、ないです。情けないところを見られちゃいましたから……」

「そう……」

小さくとも、男としての意地があるのだろうか。

(ま、それならそれでいいけどね。ドライフラワーがあれば、また会えるだろうし)

ドライフラワーの話を持ち出したのは、乾燥させたドライフラワーを手渡すことを口実に、今後少年の様子を見に来るためだ。

「わかったわ。でも、ドライフラワーはすぐには出来上がらないから、もう一度会う必要があるの。それまでは、今日買う花の何輪かを、君の部屋の花瓶に生けておくということでいい?」

「大丈夫です。ドライフラワーが完成したら、僕が取りに行けばいいですか？」

「十日後の夕方の鐘（かね）が鳴るころに、もう一度ここに来てもらえる？　天候が良ければ乾燥が終わっているはずだし、そうじゃなくても、完成までの目途（めど）はたっているはずよ」

「その時間なら大丈夫です。よろしくお願いしますね」

少年が頭を下げると、金色の髪（かみ）がさらりと揺れる。ちょうどいい位置にある頭を撫（な）でようとすると、慌（あわ）てたように顔をあげられてしまった。

「や、やめてください。そんなことしたら…………」

「したら？」

「な、なんでもありませんっ‼　それよりお姉さんのこと、なんて呼べばいいですか？　名前を教えてくれないと困ります‼」

「私の名前は…………」

思わずつまり、言いよどむ。

今まで、お忍（しの）び先の店で立ち話をすることはあっても、深く誰（だれ）かと関（かか）わり、自己紹介（しょうかい）が必要になるような場は回避（かいひ）していた。だからといって今回も名乗りを避（さ）けては、せっかく心を開きかけた少年に、不信感を抱（いだ）かせてしまうかもしれない。

「…………私のことは、リーザと呼んでちょうだい」

咄嗟（とっさ）に出てきたのは、シルヴィアがシルヴィアになる前の名前——顔を見たことも無い両親が付けてくれた、かつて捨てた名だった。

（ハーヴェイ様以外に、このあたりで昔の名前を知っている人はいないし、そもそも変装してるんだから、私が聖女であることがばれることはないわ）

そう割り切ると、誤魔化すように少年の腕を引っ張った。

「体が冷えちゃうし、早く温かいものを食べに行きましょう」

「わ、そんなに引っ張らないでください!!　危ないです!!」

「ちゃっちゃと歩いて行くわよ。美味しいものをお腹にいれれば――――きゃっ!?」

前を見て、少年を連れて歩き出そうとしたところ、反対に強い力で引き戻される。たたらを踏んで後方に倒れこむと、何か固いものに頭をぶつけてしまった。

「痛っ!!　ちょっ、何するのよ!?」

「危ないと言っただろう？」

耳にかかるのは、澄んだ少年の声とは似ても似つかない、艶やかで深い男の声だ。

シルヴィアを背後から抱き留めた男は、皮肉げな笑い声をあげた。

「無理に引っ張るから、そうやって転びそうになるんだ、うたたね聖女様」

「っ!!　誰がうたたね聖女よっ!?　っていうかなんで――――」

「なんでアシュナード、あんたがそこにいるのよ――――!?」

心からの叫びをあげ、シルヴィアは勢いよく跳ね起きた。

心臓の鼓動が不穏に速まり、摑んだシーツには、強く強くしわが寄っている。

カーテン越しに差し込む朝日に眼をしばたたかせ、シルヴィアは枕へと顔をうずめた。

(途中までは懐かしい思い出だったのに、どうして最後にあの男が乱入してくるのよ!?)

どうやらまだ朝も早いようで、部屋に侍女の姿は無い。寝言を聞かれなかったのは幸いだが、夢見は最悪だった。爽やかな朝なのに、全くもって爽やかではないアシュナードの姿と共に一日が始まるなんて、ついていないにもほどがある。

(あーもう最っ悪。『ラナン君』と全然関係ないんだし、夢の中にまで出てこないでほしいわ)

『ラナン君』というのは、かつて母を亡くし泣いていた少年のあだ名だ。あだ名の由来は、彼がドライフラワーにするよう頼んできたのが、薄紅色のラナンキュラスだったから。心優しく繊細な彼と、傲慢極まりないアシュナードの共通点といったら、虹彩の色が金であることくらいだ。

(今はあの子、どうしてるんだろ)

彼と最後に会ってから、もう十五年。美少女顔負けの可愛らしい目鼻立ちをしていたから、順当に年齢を重ねていれば、中性的な美青年に成長しているはずだ。

（そろそろ結婚して、子供がいてもおかしくない年よね）

いずれ余裕ができたら、彼の本名と現在地を調べ、こっそり姿を見に行きたい。

（そのためにも、早く瘴魔の再出現について解決しないとね……）

今日は、約束通り、アシュナードと帝都近郊の教会へ『吹き溜まり』を調査しに行く日だ。

あれから三日が過ぎたが、今のところ城内に、あらたな瘴魔の気配はない。瘴魔の出現は一般には伏せられたままであり、教会への訪問もひっそりとしたものになる。

シルヴィアが朝食後に袖を通したドレスも、それを受け落ち着いた意匠のものだ。光沢を抑えた臙脂の生地に、前身ごろと袖口に並ぶ金のボタン。髪は緩く編み込みを入れて背中に流し、紺色のリボンで胸元を飾っていた。

身支度を整え向かうのは正面玄関では無く、城の裏出口だ。馬車へ乗り込みドレスの裾を直していると、こちらも略式礼装のアシュナードが乗り込んでくる。

馬車は外装こそ簡素だったが、座席にはふんだんに綿が使われており、座り心地がいい。御者の腕も一流のようで、揺れも小さく、滑らかに窓外の景色が流れていった。

帝都を出て道なりに少し走ると、なだらかな丘の向こうから、目的地の教会の屋根が見えてくる。神の祝福をあらわす尖塔は目立ち、遠くからの目印にもなるのだが――

（…………ボロいわね）

瓦はところどころ塗料が落ち、あちこちに蔓草が巻き付いている。尖塔の壁部分も、ところどころ漆喰が剝げてしまっており、手入れが行き届いていないのが見て取れた。

教会の裏手には、かつて瘴魔が湧き出て危険だった『吹き溜まり』があるため、あたりに人家は無く、畦で仕切られた畑が広がるだけの、うら寂れた一帯だ。

馬車から降り、アシュナードと二人で教会の入り口へと向かうと、泥に汚れた女が歩み寄ってきた。どうやら近くの農地で作業を行っていたところを、わざわざやってきたらしい。

「おや、えらくべっぴんなお嬢ちゃんだが、貴族様かい？」

「えぇ、そのようなものですわ」

正体を告げて騒ぎになるのも面倒なため、曖昧に微笑んでおくことにする。

「教会に用事ってことは、神官様たちに相談事かい？　止めはしないが、騙されないようにしなよ？」

「騙される、とは？」

「ここの教会の神官様は今のとこ悪い人じゃないけど、いつ心変わりするかわからないからね。カモにならないよう気をつけなよ」

女は言い捨てると、忠告は終わったとばかりに、農作業へと戻って行ってしまった。

「どういうことですの…………？」

「おい、ぼやぼやするな。さっさと教会に入って用事を済ませるぞ」

「もう、待ってくださいませ」

置いて行かれまいとアシュナードの後を追い、教会の建物へと入る。

天井は高く、窓からの光が美しく差し込んでいるが、視線を下へと向けると、床も祭壇も全体的に薄汚れ、埃がたまってしまっている。外壁と同じくどこかみすぼらしい堂内を見ていると、祭壇の隣に設けられた扉から、足音が近づいてきた。

「すみません、少し奥の方で作業をしていまして、どなたです――――って、聖女様っ⁉」

「あら、パリス様ではないですか。ごきげんよう、奇遇ですね」

「私の方こそ、シルヴィア様のご尊顔を拝見できて幸いですっ！」

パリスの背中に、ちぎれんばかりに振られる犬の尾が見える気がする。

顔を輝かせた彼に、シルヴィアも楚々とした笑みを浮かべた。

「お久しぶりです。帝国に来られていると聞いていましたが、ここの教会つきの神官となったのですか？」

「はい。元々、私は教国本国で働く前は、この教会にいましたから、古巣なんです」

パリスは答えると、疑問符を浮かべシルヴィアを見た。

「ところでシルヴィア様は、出歩いても大丈夫なのですか？　しばらく臥せっていたと聞いていたのですが、お加減はよろしいのでしょうか？」

「えぇ、もう大丈夫ですわ。ご心配をおかけしてすみません」

不安そうにこちらを見るパリスに、罪悪感がうずく。臥せっていたのはアシュナードの流した偽情報だが、今更蒸し返し、否定するわけにもいかなかった。

「そんな、おやめください。シルヴィア様が謝られることなんて何もありません」

「いいえ、こちらの気持ちの問題ですから……。ところで、この教会に、他に働いていらっしゃる方はおられないのでしょうか？」

「勤めているのは私一人です。お恥ずかしい話ですが、人を雇おうにも予算がなくて……」

「一人だけで、教会が回せているのですか？」

「はい、苦しいですがなんとか……。シルヴィア様のご活躍なさっていた十五年前までと違って、今は瘴魔退治の依頼はありませんし、毎日の日課は朝夕の礼拝くらいですから」

今は瘴魔が消え、瘴魔浄化の報酬も消えたため、金銭的に困窮しているのだろう。

金が無く、人が雇えず、建物の修理保全にまで手が回らないのが見て取れた。

(私が封印の儀を行ってから、まだ十五年。いえ、もう十五年もたったんだもの。瘴魔の被害を直接受けることが無くなれば、教会や教国にお金を投じるような人間もいなくなるわよね)

予想していた話だが、うらぶれた教会を目の当たりにすると、やはり世知辛いものがある。

「シルヴィア様、どうかそのようにお顔を曇らせないでください。これでも、この教会はまだよい方です。何と言っても、赤髪の聖女様の存在がありますから」

「赤髪の聖女？」

「はい。本物の聖女であるシルヴィア様からすれば、紛らわしくご不快かもしれませんが、昔この教会にいた祝片の子の女性のことを、このあたりではそう呼んでいるのです」

「今は、その方はどちらに？」

「十六年前に、亡くなりました。この教会の監視していた『吹き溜まり』で、瘴魔の大量発生があり、それを鎮めるために力を使いすぎ、衰弱され亡くなられてしまいました」

「そうでしたの……」

　祝片の子が力を使いすぎると、反動で全身を倦怠感が襲う。限界を超え力を使い続ければ体力が落ち、ささいな怪我や風邪でも寝たきりになり、命を落としてしまうことさえある。シルヴィアが封印の儀の後に眠り続けたのも、これと類似した現象と推測されていた。

「赤髪の聖女様は、本当に素晴らしい方でした。彼女の献身があったからこそ、この辺りでは私たち教会に対する当たりも柔らかかったのですが、やはり時の流れには抗えませんね……」

　苦笑したパリスの瞳には、隠しきれない切なさが宿っている。

（パリスはアシュナード陛下より少し年上くらいみたいだし、十六年前は十歳くらいかしら）

　子供の頃に抱いた思慕の念と憧れを、どうやら今も抱えているらしかった。

「辛いことを思い出させすみません。パリス様にとっても、その方は大切な人だったんですね」

「はい。当時神官見習いだった私にも、赤髪の聖女様はとても優しくしてくれました。だからこそ、少しでも恩を返し弔いにしようと、赤髪の聖女様の殉じられたこの地で働かせてもらっています」

「……きっと赤髪の聖女様も、天の御園でパリス様の勤労を喜ばれていると思います」

「シルヴィア様、なんてお優しいお言葉を……」

神妙な雰囲気から一転、感極まったように呟くパリスに、シルヴィアは微笑んだ。

（私に対する敬意がすごいと思ってたけど、『瘴魔退治のために身を捧げた女性』として、赤髪の聖女様と重ね合わせて見ていたのね）

初対面から熱烈な崇拝者として振る舞っていたパリスに合点がいき、すっきりとする。

「ここは、パリス様にとって縁が深い教会なんですね。どれくらいの間、こちらで働かれているんですか？」

「三年前に教国本国に呼び戻されるまで、この教会で前任神官と一緒に暮らしていました。そして半年ほど前、前任神官の方が老齢になったため、私が派遣されることが決定したのです」

「そういうことでしたの。それで帝国に向かう時期が一致したため、私の嫁入りに随行して、こちらに赴任してきたということですのね」

「はい。帝国でまたシルヴィア様とお会いできるなんて、身に余る幸運です」

「私の方こそ、嫁ぎ先で知己を得られて幸いですわ。パリス様は、私とともに帝国入りしたあとは、ずっとこの教会にいらっしゃったのですか？」

「えぇ、前任者から引継ぎ作業を行い、少しだけ落ち着いてきたところでした」

「前任者の方から、何か注意点などについて告げられていますか？」

「注意点、ですか……？　引継ぎ後の心得や雑務についてはご指導いただきましたが、シルヴィア様にお告げするような特別な点は無いと思いますが……」

「不審者や山犬が出没するとか、そういった注意はありませんでしたか？」

「森から山犬が下りてくることは数年に一度ありますが、それくらいですね。何かこの教会に、問題となる点があるのでしょうか？」

　不安げなパリスに、ここが潮時と悟る。

　瘴魔の再出現を公にできない以上、下手に探りを入れれば藪蛇になるだけだ。

「いいえ、そんなことはありませんわ。ただ、教会の引継ぎ業務がどのように行われるものか、気になったのです。答えにくい質問をしてしまいすみませんでしたわ」

「そうだったのですか。でしたら、あとで引継ぎの際に渡された資料を、そちらにもお送りしましょうか？」

「まぁ、ありがとうございます」

「いえいえ、その程度お安い御用です。他に何か、気になる点はございますか？」

「では、この教会の管理する、『吹き溜まり』を見学させてもらってもいいでしょうか？」

「『吹き溜まり』を？　大丈夫ですが、何のためでしょうか？」

「ちょっとした好奇心です。私が行った封印の儀がどれほど効果を表したのかを、実際にこの目で確かめてみたいのです」

「もしかして、今日はそのためにいらしたのですか？」

「えぇ、そうです。体調が戻ってきましたので、気になっていた『吹き溜まり』のあるこちらに、お邪魔させてもらいましたの」

「なるほど、でしたら『吹き溜まり』を囲む壁の鍵を取ってきますので、お待ちください」

祭壇横の扉を開けると、パリスは奥へと引っ込み、錆の浮いた真鍮の鍵をぶら下げてきた。

パリスの先導のもと、教会の裏手にそびえる壁へと向かう。

端から端まで五十歩ほどの土地を、成人男性を縦に二人並べたほどの丈の壁が、ぐるりと取り囲んでいる。壁のへこんだ部分に設けられた扉を解錠し、壁内へと踏み込む。扉の先に広がっていたのは、薄茶と緑の混じった草原だ。

（……当然だけど、瘴魔の姿はどこにも見当たらないわね）

視界内にあるのは、午後の陽光を浴びる、何の変哲もない風景だ。

瞳を閉じ、瘴魔特有の気配を探ってみても、感じるのはごく小さな違和感だけ。

（確かに、穢れのたまりやすい『吹き溜まり』だけあって、少しだけ淀みはあるけど……。でも、私が集中してやっと感じられる程度じゃ、ここから瘴魔が発生するようになるまで、あと

何十年かかるかわからないわ)

「シルヴィア様、何かここに、気になるものでもございましたか?」

「何でもありませんわ。ただ、確かに瘴魔は消え失せたのだと、そう実感していたところです。もう少しだけ、この辺りを見て回ってもよろしいですか?」

「はい、もちろんです。私は教会内で、引継ぎの際の資料をまとめていますので、散策がおすみになったらお声掛けください」

「お言葉に甘えて、よろしくお願いいたしますわ」

微笑とともにパリスを見送ると、シルヴィアはアシュナードへと振り返った。

「陛下、さきほどからだんまりですが、どこか調子が悪いのですか?」

パリスとシルヴィアが話す間、アシュナードは二人の間を遮る置物のようになっていた。いつもは無駄に雄弁で、口を開けば皮肉ばかりの彼にしては珍しかった。

「私が口を開くより、おまえに任せていた方が、話が円滑に進むと思ったからな。あの手の人間は、崇拝対象以外の話に聞く耳を持たないものだ。現にあいつは、皇帝である私のことすら眼中になく、おまえに対して一直線だったろう? ある意味とても大物だよ」

言われてみれば、パリスは威圧感あるアシュナードの姿にも、微塵も怖れを表さなかった。

「確かに、パリス様はなかなかの大人物かもしれませんわね」

「そしてとても厄介で、めんどくさい人間でもある。あいつは記憶の中の憧れの女性と、おまえを重ねて慕っているのだろう？　思い出をこじらせた男は、始末に負えないからな」

実にめんどくさい男だ、と。

吐き捨てる言葉には実感がこもっている。アシュナードは、皮肉気ながらも切なそうで。

（ひょっとして、陛下にもパリスと同じように、忘れられない女性がいるのかしら？）

訪れた直感に、陽射しがかげったように感じた。

アシュナードとは政略結婚だ。愛情を期待してはいないが、目の前にいながら、心は別の人間のものだとしたら、やはり少しだけ寂しかった。

「まぁ、あいつのことは今はいい。過去に何があろうと、おまえが話していて、不審な点や気になるところも無かったんだろう？」

「はい。この『吹き溜まり』におかしなところもありませんし、パリス様も今は、瘴魔退治の依頼はないと仰っていました。この教会の近くで、瘴魔絡みの異変が起こっているとは考えにくいです。私はこの『吹き溜まり』に異状を見出せませんが、陛下の目から見て、何か気になる点はありますか？」

「壁に囲まれている以外、ごくありふれた草原にしか見えないな。それに、もし瘴魔がここで発生し、外に出て行ったなら、どこか壁の一部が壊れていなければおかしいはずだ」

「えぇ、その通りです。人里近くの『吹き溜まり』は壁で覆われていますが、瘴魔に対しては、少しの足止めにしかなりません。ここの壁にも、いくつも穴を補修した跡があります。ただ、どれも昔のもので、最近ついた傷らしきものは見当たりませんわね」

「ならばやはり、ここから瘴魔が自然発生したとは、考えられないということか」

「同じ考えですわ。けど、せっかくここまで来たんです。もう少し『吹き溜まり』の壁の周りを見て回りたいと思いますので、お付き合いくださいませ」

シルヴィアは壁に手をあて、『吹き溜まり』の中を歩き始めた。瘴魔の気配に神経を集中させるが、どこもごく薄い淀みがあるだけだ。内側を一周し、扉を開けて壁の外周を回るが、やはりどこにも異変は無かった。念のため、教会の周りを歩き怪しいところがないかと観察していると、教会前の道を、鋤を抱えた中年の女が通りかかる。先ほど声をかけてきた農婦が、農作業を終え移動するところのようだった。

「おっ、さっきの貴族様じゃないか。用事はもう終わったんですかい？」

「えぇ、じきに終わりそうです。そちらも畑仕事ご苦労様です」

「ははっ、労ってもらうとはありがたいね。そっちの相談事も、無事に解決したのかい？　神官様に騙されてたりしないかい？」

「あの、すみません。先ほども気になったのですが、騙されるとは、どういうことでしょうか？」

「何って、決まってるじゃないか。神官様の中には、詐欺を働く人間も多いですから」

「神官が、詐欺を……？」

「知らないのかい？　お嬢ちゃん、箱入り娘なんだね。神官様がやる悪事っていったら、瘴魔が出たって嘘をつき、退治料をふんだくるんですよ。私の妹の嫁ぎ先の村でも、大金を奪われた奴がいましてね。いくら金がないとは言っても、人様の金をかすめとるようじゃ終わりさ」

女性は嘆くそぶりをしつつも、生き生きとした様子でしゃべりだした。

「ですが、この教会の神官は――」

「あぁ、あぁ、わかっているとも。ここの教会にいらっしゃる神官様は、代々いい人ばかりさ。詐欺にまで手を出すとは思わないけど、人間、金の誘惑には弱いものだろう？　お嬢ちゃんたちも相談の見返りに、金貨か何かふっかけられて要求されたんじゃ――」

「要求されたとして、それがおまえに何の関係があるんだ？」

嬉々として話す女性を、アシュナードが冷ややかに切り捨てた。

女性は不満そうに口をすぼめ、アシュナードから目をそらし呟いた。

「何って、その、もし貴族様たちがぼったくられてたら大変だろうって……」

「物は言いようだな。他人の事情に、面白半分で首を突っ込みたいだけだろう」

「そんなことは……」

「うら寂れた教会を訪れた二人の『貴族様』。確かに、明日の井戸端会議の格好の話の種になるだろうな。今ここを通りかかったのも偶然では無く、私たちが外に出るのを待ち構えていたんだろう？　貴重な時間を費やし、ご苦労なことだ」

「っ…………」

図星なのか、女が唇を歪め黙り込んだ。

女はもごもごと、言い訳なのか悪態なのか聞き取れない言葉を発すると、鋤を握りしめ、大股で歩み去ってしまった。

その背中を冷めた視線で見送ると、アシュナードはシルヴィアへと向き直った。

「見苦しいものを見せてすまなかったな」

「そんな、なぜ謝るのですか？」

「いや、この国の主として謝ろう。何せ今のような人間は、この国では珍しくない」

「…………どういうことですの？」

アシュナードを見上げると、彼もまた感情の読めない瞳でシルヴィアを見つめ返してきた。

「十五年前、おまえが深い眠りにつく前は、教会の神官、瘴魔退治を行う祝片の子は、それこそ神のごとく有難がられていただろう？」

「えぇ、だって、瘴魔を祓えるのは、私たちだけだったのですもの」

「そう、その通りだ。おまえたちが強く敬われていたのは、瘴魔への恐れがあったからこそだった。瘴魔の脅威が消えて、もう十五年。喉元すぎれば、熱さも忘れるというやつだ。多くの人間は恩を忘れ、敬意を忘れ、結果として神官たちの多くは金銭的に行き詰まった」

「そのせいで、いもしない瘴魔の存在をでっちあげ、退治するふりをして詐欺を行う神官も出てきた、ということですのね」

「あぁ、そういうことだ。おまえの祖国である教国の枢機卿たちは、この先五十年は瘴魔は出没しないと宣言しているが、全ての人間が、それを頭から信じたわけでは無かった。もしまた瘴魔が現れたらと怯える人間の心に、悪徳神官たちがつけこんだということだ」

「……不安を抱えた人間を騙すのは、簡単なことですもの」

そもそも瘴魔の性質について、正確な知識を備えた一般人は少なかった。

大多数の人間にとって、瘴魔とは人を襲う、黒い毛皮と真紅の瞳を持った獣、という程度の認識しかない。家屋の外壁に、獣の爪痕に見える傷をつけることで、瘴魔の出現を騙ることも難しくなかったはずだ。

――――『祝片の子の力で退治できたから、あれは瘴魔である、か』

王城で瘴魔を退治した夜、アシュナードに言われた言葉を思い出す。

(あれはきっと、詐欺師の常套句だったのね)

瘴魔が出現したと不安をあおり、祝片の子の自分たちの力で退治できたのだから、あれはやはり瘴魔だったのだと。そう、いもしない瘴魔の出現を騙って、悪事に励む者がいたのだ。

シルヴィアの推測を肯定するように、アシュナードが説明を続けた。

「金策に困った、一部の神官が詐欺に手を出す。するとますます神官が煙たがられ、困窮する者が増え、更に悪事に走る人間が出てくる」

「……悪循環ですわね」

「あぁ、そうだ。だが当然、全ての神官が悪事に手を染めているわけでは無い。善良な神官が汚名を受けぬよう、目を光らせていたつもりだ。だが先ほどの女のように、世間話の一環で、おまえの祖国の人間を貶める輩がいる現実は、国主である私の力不足に他ならない」

シルヴィアから目をそらすことなく、アシュナードは静かな声で言い切った。

「先ほどの女に代わって謝罪しよう。いわれなき非難を受け、おまえも傷つい――」

「いえ、ちょっと待ってください。私、そんな謝られるほど、傷ついてはいませんわ」

「……なんだと？　それは、強がりか？」

「違います。素直な私の気持ちですわ」

怪訝そうなアシュナードに、シルヴィアは自らの心情を説明した。

「パリス様を貶めるような言葉は、聞きたくなかったです。でも、私自身は大丈夫です。だって、詐欺を働く神官が出ることは、予想していたんです。十五年前、まだ本当に瘴魔が出没していた頃から、偽の瘴魔出現を吹聴する悪徳神官は、少数ながらいました。金銭に困る神官が増えれば、詐欺が増えることも、そんな神官を煙たく思う人間が現れることも、予想できましたから」

かつて、神官は崇められていたが、彼ら彼女らも、一皮むけば欲を持った人間だ。

（詐欺は許されないこと。でもお金に困ったら、その道を選んじゃう人がいるのもわかるわ）

人々の尊敬を集めるため神妙に振る舞おうと、その内心には正負様々な感情が渦巻いている。

そのことを、常に猫を被り続けるシルヴィアは誰よりも知っていた。

(まぁさすがに、通りすがりの女性にいきなり瘴魔退治詐欺の話題をもちかけられるとまでは予想できず、後手後手に回ってしまったのも事実だけど……。ああいう詮索好きの人って、下手に言い返すと余計に盛り上がるし、厄介なのよね)

教会で働くパリスの頑張りや、かつて身を捧げた赤髪の聖女の献身を忘れたかのような言い方は腹立たしかったが、だからといって感情的に反論しては、話が長引くだけだ。

対応に思いあぐね、女の話を上手くいなせなかっただけなのだが、アシュナードにはシルヴィアが傷つき、戸惑っているように見えたのかもしれない。

(心配、してくれたのかしら?)

だからこそ、半ば喧嘩をふっかけるように、野次馬女性を追い払ってくれたのかもしれない。

わかりにくい優しさに、心が温かくなった。

「お心遣い、ありがとうございます。でも、陛下に謝ってもらうようなことではありませんわ。あの女性のような方は、どんな国にも必ずいるもの。それに、少数とはいえ詐欺を働く神官がいる以上、あの女性の話していたことも、まるきりのでたらめではありませんもの」

「………だからといって、おまえはあの女の物言いや、教国や神官に対する侮辱を受け入れられるのか?」

アシュナードはシルヴィアを見据えると、淡々と疑問を吐き出した。

「おまえは本来十五年前の封印の儀のあと、死ぬまで眠り続けるはずだった。人生全てを差し出す覚悟でこの大陸を救ったのに、目を覚ましたおまえが見たのは弱体化した祖国と、瘴魔退治の恩を忘れた人間だ。今はまだ、救世の聖女本人たるおまえ自身への人々の敬意は残っているだろうが、瘴魔の脅威無き今、それとていずれ薄れゆくもの。この現状を、おまえは理不尽だと、納得できないとは思わないのか？」

問いかけるアシュナードは、嘘偽りの答えを許さない雰囲気だ。音も無く緊張感が高まる中、シルヴィアは気圧されることなく、静かに口を開いた。

「理不尽を、全く感じないわけではありません。ですが、瘴魔なき世界で教国の立場が弱くなることも、私たち祝片の子の成したことが忘れられゆくことも、予想し覚悟していましたわ」

「予想していたなら、何故おまえは封印の儀に臨む覚悟を決めることができたのだ？　封印の儀の影響で祖国が困窮し、神官たちやおまえ自身に対する敬意すら失われていくと理解していたんだろう？」

「十五年前は増えすぎた瘴魔のせいで、異常気象が続いていました。封印の儀を行わねば、教国を含む大陸全土が危機に陥り、多くの命が失われたはずです」

「……………顔も知らない人間の命を救う。そのためだけに、おまえは封印の儀を行ったというのか？　たったそれだけの理由で、なぜ命を賭することができたのだ？」

「それは、私が聖女だからです」

澄んだ声音で告げ、アシュナードを見上げる。

シルヴィアの瞳を、その奥にある思いを見定めるように、アシュナードが金の瞳を眇めた。

(怖いくらい、まっすぐで強い視線ね……)

いつもの人を食ったような雰囲気が消えたアシュナードは、抜き身の刃のように美しかった。

研ぎ澄まされた瞳に、体の芯が震えるのがわかる。

「聖女として大陸を救うことを、私はみなから求められていました。その期待に、応えなければと思っただけです」

「人に望まれたというだけで、命を投げ出す理由になると？」

「えぇ、その通りです、私にとっては、それだけで十分でした」

揺らぐことのない答えを、シルヴィアは凛と言い切った。

(私が聖女として求められたのも、教国に居場所を与えられたのも、全ては封印の儀を行うためだったんだもの)

物心つく前に親を亡くしたシルヴィアは、自身の存在を認めてもらうことに貪欲だ。

周囲の期待を裏切り、居場所を無くす選択など、到底できるはずが無かった。

「………どうやらその答え、嘘では無いようだな」

「納得していただけましたか？」

「あぁ、納得した。おまえの瞳と言葉に、偽りの気配は感じなかった」

言いつつも、アシュナードの瞳は真摯な光を宿し、シルヴィアを見つめたままだった。

「――だからこそ、わからない」

「わからない？　何がですか？」

「おまえが封印の儀を行う覚悟を決められたのは、儀式を行えば全てが好転し、明るい世界が訪れると信じているからだと思っていたのだが、違うのだろう？」

「……私はそこまで、無邪気に未来を思い描くことはできませんでしたわ」

「そうだろうな。おまえは楚々とした聖女のようで、口は回るし頭も回る。封印の儀の及ぼす影響、その負の側面について理解していたのも本当だろう」

アシュナードは確認するように告げると、そっとシルヴィアのおとがいへと触れた。

「にもかかわらず、おまえは役割を果たすためにと、命を差し出す選択をした。何がおまえを、それほど役目に駆り立てた？　その細い体のどこに、強靭な意志が宿っているのか――」

顎にかけられた指に力がかかり、顔を上へと向けさせられる。

アシュナードの瞳は、先ほどまでの鋭くも静謐な雰囲気と違い、猛禽を思わせる熱を宿している。獲物を見るような、熱情を帯びた視線に射すくめられ、胸の鼓動が脈打つ。

瞳は強く、でもわずかだけ、シルヴィアから焦点がずれているような気がした。

微かな違和感に、しかしシルヴィアは直感した。

（これ、私を通して、別の誰かを見てる……？）

その生い立ち上、シルヴィアは人の視線に敏感だ。聖女として振る舞ってきた中で、自身に向けられる感情に、目を凝らす癖もついている。それらの積み重ねが、アシュナードの視線に、その孕む意味に気づかせたのだ。

「っ……!!」

思わず喉を震わす。アシュナードがわずかに瞳を見開き、その指先を止めた。

「……怖がらせて悪かったな」

アシュナードは指を引くと、そのままシルヴィアから身を離し、背を向けた。

「そろそろ、パリスに頼んでいた引継ぎ資料もまとめ終わった頃だろう。資料を受け取って、さっさと城へと帰るぞ」

「……わかりましたわ」

遠ざかる背に答えを返し、歩き出す。

心を気遣われ、少しは打ち解けられるかもと思った。

（でも、アシュナードの心の中には、大切な誰かが――――たぶん、女の人、忘れられない人がいる。気まぐれに私に優しいのも、私を通して、その人を見ているにすぎないんだわ）

ある意味アシュナードは、パリスと似たもの同士なのだ。

軽い落胆を胸に、シルヴィアは瞳を眇めたのだった。

「陛下の即位記念式典、ですか？」

「はい、五日後に、陛下の即位三周年の日が迫っております。めでたき祝いの場に、シルヴィア様もご同席いただきたいのですが、お加減は大丈夫でしょうか？」

「ええ、もう外に出ても、障りはありませんわ」

アシュナードからの伝言を携えてきた侍女に、シルヴィアは安心させるよう微笑みかけた。

パリスの教会を訪れてから二十日近く。アシュナードとともに帝都近郊の『吹き溜まり』を見て回ったが、どこにも瘴魔が自然発生した様子はなかった。

（あちこち出かけたおかげで、私が体を壊している、という噂は払拭できたけど……）

当初の目論見の一つ、アシュナードからの軟禁状態を脱するという目的は、既に果たされつつある。反面、瘴魔に関しては大きな進展が無く、シルヴィアは歯がゆい思いをしていた。

人が瘴魔に襲われ、苦しむ姿は見たくない。アシュナードは、瘴魔に狙われている可能性が高いのだ。彼のためにも、早く瘴魔再出現の原因を見つけなければ――と思ったところで、

（って私、なんでアシュナードのこと心配してるのよ……）

シルヴィアは内心、顔をしかめた。アシュナードは、自分を軟禁した相手で、心に別の人を

住まわせている人間だ。しょせん政略で結びついた関係でしかない。

（……ここはきっちりと瘴魔を退治して、こちらに頭があがらないようにしないと！）

そう、形だけとはいえ、夫婦なのだ。この先もつきあいが続く以上、しっかりと主導権は握っておかないと怖い。そのためにも、彼の安全を確保し、恩を売るべきだと考える。

（早く瘴魔と、その背後にいるかもしれない相手の尻尾をつかまないとね）

シルヴィアは数日前に、アシュナードと交わした会話を思い出す。

王城に瘴魔が出て以降、各地から散発的に、瘴魔の出現が報告されているらしい。

瘴魔出現は、未だ大々的には騒がれていない。緘口令の効果もあるが、それだけではない。

（瘴魔の出現地域が、アシュナードに友好的な貴族の領地に偏っている……）

おかげで、瘴魔の出現報告が届きしだい、秘密裏に処理することができている。騒ぎにならず幸運だったが、不気味でもある。瘴魔とは本来、自然災害のようなもの。牙を向く相手にえり好みは無く、人全てに対し襲い掛かるものだ。

にもかかわらず、瘴魔の出現場所がアシュナードに友好的な領地に偏っているのは不自然だ。

（瘴魔を用いて、政治的妨害を行う、か）

それが、アシュナードから聞かされた推測。シルヴィアだけでは、出てこなかった考えだ。

瘴魔は多くの人間を殺してきた、相いれない存在だ。滅することができるのは祝片の子だけ。鎖につなぎ捕らえたところで、意思の疎通をはかることも、飼いならすことも不可能だ。

（けどもし、瘴魔を制御するすべを、誰かが見つけていたとしたら……？）

瘴魔は、強力な兵器となるはずだ。吐き気がするような、唾棄すべき利用方法だが、そう考えればつじつまが合う。瘴魔は忌み嫌われる不吉な存在だ。その爪牙による危害はもちろん、瘴魔が出現した、という事実自体が、為政者を脅かす火種となるのだ。

（もし、瘴魔を利用し、何かを企む者がいたとしたら。今度の記念式典は、騒ぎを起こしアシュナードを貶めるのに格好の場だわ）

実害が出てからでは遅い。警戒して、しすぎるということは無い。

そんな不穏な考えをおくびにも出さず、シルヴィアは侍女へと視線を向けた。

「即位式典に出席なさる方の名簿を、私に渡してもらえますか？　初対面の方も多いですから、無礼のないよう、陛下の妻として立派におもてなししたいわ」

礼服というのは、まとう者の立場を知らしめ、姿良く見せるためのものだ。

（むぅ、悔しいけど、よく似合ってるわよね……）

正装を纏ったアシュナードに、シルヴィアは内心うならされた。

翻る黒のマントは、堂々たる威風をまとう翼のよう。金刺繍と裏地の真紅が、凜々しく華やかに煌めいている。漆黒の軍服が映える長身には、白の手袋が優美な気品を添えていた。白絹の滑らかさ、袖口から覗く手首の無骨さ。その落差に、なぜか胸がざわめくのがわかる。唇に刷かれた不敵な笑みと、力強くも洗練された立ち姿に、つい視線を奪われてしまった。

「黙り込んでどうした？　見とれたのか？」

「違いますわ。その、そうしていると、まるで生まれながらの王族のようだな、と」

少しだけ速まった鼓動を、言葉にすることはしない。

アシュナードは傲慢なほどの自信にあふれ、他者の称賛と尊敬を浴び当然といった佇まいだ。

だが彼の生まれは弱小貴族にすぎず、その出自ゆえに、いまだ彼が帝位にあることに、不満を持つ人間もいる。今日これから行われる即位三周年の式典は、アシュナードの威光を知らしめ、不穏分子をけん制する目的もあった。

「人間、見た目というのは大きいですわ。その点、陛下は生粋の王族よりも押し出しが強いですから、安心ですね」

「見た目は大切、か。おまえが言うと説得力にあふれているな」

「あら、なんのことでしょう？」

シルヴィアは柔らかな笑み――――あくまで表面だけは――――を浮かべた。

アシュナードは既に、シルヴィアがその外見通りの、清廉なだけの聖女ではないと気づいているだろう。だが、だからと言って、地を見せる気はさらさら無かった。

(だって、私のありのままの姿なんて、誰も求めていないもの)

シルヴィアは、自分の本性が聖女という肩書から程遠い、強欲で自分勝手なものだと知っている。居場所が欲しいから、認めてもらいたいからこそ、聖女として、そして、皇帝の妻としての仮面を脱ぐつもりは無かった。

「陛下の妻として、陛下のご威光を示す手伝いをさせていただきますわ。陛下もそれがお望みで、私を妻になさったのでしょう?」

互いの役割を確認する。線を引くよう宣言すると、シルヴィアは式典会場へ向かった。

(今のところ、怪しい人間は見つからないわね)

会場で貴族らと談笑しつつ、シルヴィアは内心呟いた。

式典の場となったのは、大きな硝子窓を持つ大広間だ。こちらも硝子で作られたシャンデリアが、千々に眩く光を投げかけ、招待客を照らしだしている。招かれた客はまず、上座に座すアシュナードとシルヴィアの前に並ぶ。言祝ぎの挨拶を交わしたのちは、他の客と歓談し、管弦の楽の音を楽しんでいた。

客からアシュナードへの挨拶の後、アシュナードによる演説と、即位三周年を祝した号砲を鳴らし花火を打ち上げる、といった予定になっている。今は半分ほど客をさばいたところだ。

このまま、何も起こらなければいい。そう願いつつ、シルヴィアは内心憂鬱だった。

原因は挨拶の順番待ちをしている、教国からの使者だ。

（よりにもよって、ゴルトナージュ枢機卿が来るなんてね……）

ゴルトナージュ枢機卿とは、シルヴィアが幼い頃、まだ聖女候補であった時に出会っている。

『このような、まともに口もきけない小娘が聖女になるなど、間違っている』

冷たい瞳で吐き捨てた彼の言葉は、幼いシルヴィアの心に、消えない傷を刻みつけた。

教国で重要視されるのは祝片の子としての力だったが、身分差は存在している。多くの祝片の子を輩出する貴族と、そのほとんどが瘴魔浄化能力を持たない平民。もちろん、平民であっても力を持つ人間はいたが、少数派だ。封印の儀を行えるほどの強い力の持ち主は、聖女の称号を贈られる決まりだが、平民出身の聖女では外聞が悪かった。故に名を変え、ハーヴェイの親戚と偽ったのだが、シルヴィアが平民出であるのは、教国上層部の公然の秘密だ。

幼いシルヴィアは拙いなりに、立派な聖女となれるよう頑張っていたのだが、

（私が私のままでは、誰も認めてくれないと、ゴルトナージュの言葉に気づかされたのよね）

猫を被る必要性を、理解させてくれた点は感謝している。が、やはり彼のことは苦手だし、嫌いだった。未熟な頃の自分を知られているのは、やりにくいことこの上なかった。

挨拶客から進み出てきたゴルトナージュを前に、シルヴィアは気合を入れなおす。

研ぎすぎた刃のような痩身に、揺らがない冷えた眼差し。十数年ぶりに顔を合わせたゴルトナージュは、既に老境に差し掛かっていたが――

（え？　この気配は……）

アシュナードにむけ、抑揚のない口調で祝いの言葉を捧げるゴルトナージュの体から、かすかな、しかし間違えようのない淀んだ気配――瘴魔の残り香が立ち上る。

（でも、ゴルトナージュは、気づいていない？）

ゴルトナージュは、何人もの枢機卿を輩出してきた教国名門貴族の出だ。本人も強い祝片の子の力を宿していたが、それでもシルヴィアと比べれば数段落ちる。

だから、どこかで瘴魔の残り香に触れつつも気づかぬまま、この会場に来たのかもしれない。

（それとも、ゴルトナージュ自身が、瘴魔と意図的に接触している、ということ？）

疑いが首をもたげる。疑心を表に出さないよう細心の注意をはらいつつ、ゴルトナージュに声をかけた。

「ゴルトナージュ様、教国より遠路はるばるお疲れ様です。帝国に来る道のりは、なかなかに大変だったでしょう？」

「帝国の、ひいては教国のためだ。この程度の旅路、苦労のうちにも入らん」

「そうでしたの。では道中、何か変わったことは？」

「この場で言うほどのことはない。今の私は、アシュナード陛下に祝いの言葉を述べるためにいるのだからな」

取り付く島もない答えだ。

暗に、場に相応しくない質問をするなと、そう糾弾しているようにも感じられた。

(確かにこの場で、問い詰めることはよくないけど……)

時間稼ぎに曖昧な笑みを浮かべると、ゴルトナージュが口を開いた。

「どうした？　もしやそちらこそ、疲れているのではないか？　自身の体調を把握するのも、貴人の務めの一つだ。この国に来てまだ日が浅いから、慣れていないのだろうな」

未熟な小娘が、疲労を隠せず黙り込んでいると。

なじるような言葉に、シルヴィアはすぐさま唇を開いた。

「違いますわ。ゴルトナージュ様との再会を噛みしめ、味わっていましたの」

「それは光栄だ。だが――」

「やぁ、シルヴィア。夜会は楽しんでいるかい？」

どこか緊張感をはらんだ空気を、とぼけた声が緩めた。

「ハーヴェイ様？」

ゴルトナージュの背後から、養父がひらひらと手を振っている。

「お久しぶりです、ハーヴェイ様。招待客のリストには載っていませんでしたが、何故ここに？」

「教国の仕事で、近くに来ていてね。思ったより早く終わったから、顔を見せにきたのさ」

「まぁ、そうでしたの。嬉しいですわ」

助かったと、シルヴィアは内心胸を撫でおろした。

ゴルトナージュを前にすると、対抗心と苦手意識から、つい言動が刺々しくなってしまう。

うっかり馬脚を現す前に、ハーヴェイに助けられた形だった。

ゴルトナージュがハーヴェイの闖入に顔をしかめ、一礼して去って行くのが見えた。

「ハーヴェイ様は、しばらくこちらにいらっしゃるつもりですの？」

「そうしたいところだけど、色々と忙しくてね。明日には帝都を発つ予定さ」

「そうでしたの……」

残念だが、顔を見られただけ良かったと思うことにする。

久しぶりに見た、養父の気の抜けた笑顔につられ、自然と顔がほころんだ。

「………なんだ、おまえも笑えるんだな」

ぽつりと、アシュナードが言葉を零した。

「おまえの笑う顔を見るのは、初めてだな」

「あら、どういうことですの？　私はいつも、陛下をお慕いし、微笑んでいますわ」

言葉の通り、柔らかな笑みを浮かべる。アシュナードは鋭い。ハーヴェイに向けた心からの笑みと、普段の作り笑いの違いに気がついたのだ。

(ハーヴェイ様を前に、つい、気が緩んじゃったわ。これをネタに、またからかわれるかも)

身構えたシルヴィアだったが、アシュナードからの追撃は無かった。

やや拍子ぬけした気分だったが、今は招待客の相手をしなければならない。

ハーヴェイと軽く雑談し、その後はそつなく他の招待客をさばいていく。客の顔と名前、そして帝国内での立ち位置を確認しつつ挨拶をするうち、招待客の列がはけ終わる。そして気づいた時には、会場の大広間に、ゴルトナージュの姿は見受けられなかった。

アシュナードが演説を行い、場を締めるまで、まだ少し時間がある。

その間に一息つくため、ゴルトナージュも会場の外に出ているのかもしれないが——

(……嫌な予感がする)

——予感、否、肌を震わす、微かな不快感。

遠くに瘴魔の気配を感じた時に似た感覚が、シルヴィアの指先を冷やした。

直感を信じ、瘴魔探知能力を広げる。

もしもの事態に備え、この城の各所には、聖水を入れた瓶を置いてある。聖水には、祝片の子の力を増幅し、より遠くへと、その力を届かせる作用がある。

聖水を配置した今、シルヴィアの祝片の子の力は、王城全てへと及ぶほどだ。

広げた探知の網に、いくつもの蠢く気配が引っかかる。瘴魔だ。

(何よこれ、ゴルトナージュが関わってるの?)

早く瘴魔を浄化したいところだが、騒ぎを起こしたくは無い。シルヴィアが抜け出せば目立つし、この場から浄化の力を飛ばそうにも、光を放つせいで人目を集めてしまう。

思い悩んでいると、アシュナードが目ざとく声をかけてきた。

「どうした？　ひょっとしてもう眠いのか？　ならばもう少し待て。じきに号砲と花火が始まる予定だ。そうすればきっと、おまえの眠気も晴れるだろう」

「花火……」

祝い、アシュナードの力を誇示するための、華やかな行い。

（あ、だったら、私も、同じようにすればいいんじゃ？）

シルヴィアの脳裏に、一つの思い付きが宿った。

「陛下、私が、花火の代わりとなってもいいですか？」

シルヴィアは声を潜めると、そっと隣に座すアシュナードへ話しかけた。

「おまえが？　どういうことだ？」

「私が浄化能力を使う際、光が立ち上るのをご覧になったでしょう？　ですから、今夜は花火のかわりに、私が生み出す光をもって、陛下への祝いにしたいのです」

「ほう？」

意図を察したのか、アシュナードが金の瞳を眇めた。

「おまえの放つ光は、花火よりも華やかだと、暗がりに潜むものを照らし影を消すほど明るいと、そういうのだな？」

「ええ、陛下への祝いに相応しいものにすると、約束いたしますわ」

「面白い。ならばやってみろ」

アシュナードの応えを得、シルヴィアは立ち上がった。すらりとした姿に、自然と近くの視線が集まる。それを確認したシルヴィアは、ゆったりと口を開いた。

「皆様、本日はお集まりいただき、ありがとうございます。私が今日この場で皆様とお会いできたのも、全ては陛下が私を妻にと選び、帝国に連れてきてくださったおかげです。ですからこの場で、私から陛下への感謝の念をこめ、祝いを贈りたいと思います」

腕を胸の前に組み、浄化の光を発生させてゆく。

「おおっ!! 聖女様、その光はっ!!」

どよめきが生まれた。声と光に釣られ、さらに多くの人間、広間のほとんどの客の視線を集めたのを確認し、シルヴィアは滑らかに語りだした。

「――――陛下の御世に、祝福あれ」

両腕を広げ、浄化の力を解放する。

迸る光は波のように広がり、客たちを照らし駆け抜ける。眩くも優しい光にあがるのは、感嘆の声だ。ざわめく客たちを意識の片隅に、シルヴィアは浄化能力を広げていく。聖水の力を借りた今、シルヴィアにとって、この城全てが手の内にあった。

(見つけた――――!!)

四方へ伸ばした光の一部に触れた、わずかな抵抗は、すぐに浄化しかき消えた。

瘴魔浄化の手ごたえを得、力を弱めていく。

最後に大きく深呼吸して光を収めると、一拍の沈黙ののち、大きな拍手が鳴り響いた。

招待客たちが、瘴魔の存在や不穏な気配に気づいた様子は無い。ただ幻想的な光に、惜しみない称賛を贈っているだけだった。

(ふふっ、どんなもんよ)

達成感を胸に、アシュナードへと目配せをしようとしたところで――――

(え、嘘!? 今ここで眠気が……?)

アシュナードへと向けた視界が、ぐらりと歪む。

以前、王城の庭で力を使った後、睡魔に襲われたことはあった。

だからこそ、今回はあらかじめ聖水を用意し、力の放出を抑制したつもりだったが、

(しまった、思ったより……強く力が出、て……)

急速な眠気にまぶたが落ちかかり――――

――――鳴り響いた轟音によって、強引に意識が覚醒する。

(……っ!!)

鼓膜が震え、頭蓋に響き、眠気が彼方へ吹き飛んだ。シルヴィアは銀青の目を開くと、そっ

と周囲を見渡した。

アシュナードが砲手に指示を送り、花火を打ち上げてくれたようだ。

客たちの多くは、色とりどりの光に注意を引かれ、硝子窓の外を見ている。シルヴィアの不調に気づいた人間は、少ないはずだ。たとえ疑われても、花火の音に驚きふらついたと、そう言うことができそうだった。

（た、助かった……）

笑顔を張り付け、内心冷や汗をぬぐう。

しかし、間近にいたアシュナードには隠し切れなかったようで、小さく喉を鳴らし笑われてしまう。

「くくっ、見事な光、いや、立派な前座だったぞ？　花火の前座、どうもご苦労様だ」

「………気に入ってもらえたなら、光栄ですわ」

言い返しつつ、心の中で地団太を踏む。

（笑われたっ!!　前座で悪かったわね私の馬鹿――――っ!!）

うまくいったと思い、鼻高々だったのに、直後にこのざまだ。恥ずかしさと悔しさと情けなさに、シルヴィアは無言で身もだえた。それでも顔だけは、表情だけは意地でも崩さなかった。

穏やかな笑みのまま、助けてくれたアシュナードへと礼を告げる。

「ありがとうございます、陛下。助かりましたわ」

「あいかわらずの、めっきの笑顔か。まるで鎧、鉄のごとき城壁だな」

「あら、何のことでしょう？　全くもって、心当たりがありませんわ」

「あくまでしらを切るか。堅固な城塞ほど、落とすのはおもしろいものだ。それに、おまえの笑った顔は――」

言葉の続きは、打ちあがる花火の音にかき消えた。

アシュナードが目を細める。光が眩しかったのだろうか？　愛おしむような、どこか柔らかな眼差しに、なんとなく落ち着かなくなった。

アシュナードは今、何を言おうとしたのだろうか。

（どうせ、ろくでもないことだと思うけど……）

胸が騒ぐ理由はきっと、花火が美しいせいだ。

そう思うことにしたのだった。

第四章　聖女と侍女の二重生活

麗らかな木漏れ日が、茶菓子の広げられたテーブルの上に降り注いでいた。白磁のティーカップに、薫り高い紅茶が揺らめく。並べられた焼き菓子は、どれも手が込み美味しそうだ。

食欲を刺激する光景に、しかしシルヴィアはげんなりとした声をあげた。

「はぁ、あいかわらず足掛かりになるような情報はないのね……」

憂鬱な青の瞳が見るのは、手元にまとめられた報告書の束だ。

シルヴィアは膝の上に書類を投げ出すと、お行儀悪く茶菓子をほおばった。

アシュナードの記念式典での騒動から、既に一か月が過ぎている。式典が終了し、城内から人がはけた後に調査を行ったが、犯人に結び付く手がかりは見つけられなかった。シルヴィアにより瘴魔の被害は避けられたが、浄化の力が強すぎたのだ。瘴魔の辿ってきた道筋の気配まで、完全に洗い流してしまったため、それ以上の情報を得ることができなかった。

そしてそれ以来、シルヴィアが瘴魔を浄化する機会は無かった。

(でも、今でもアシュナードは時々、瘴魔の残り香がする。狙われているのよね)

ならばと、今まで以上にアシュナードに付き従ったが、シルヴィアが同行している時には、瘴魔が姿を現すことはなかった。

（こうも露骨だと、やはり私のことを意識しているんでしょうね）

瘴魔単体で、そんな知恵が働くとも思えない。やはりアシュナードが言うように、誰か人間が、裏で暗躍しているということだろう。その事実がより一層、シルヴィアの憂いを深めた。

アシュナードも護衛を増やして動いており、一人にならないようにしている。瘴魔が直接襲ってくることはないようだが、不安の種は消えなかった。

（せっかく瘴魔のいない世界になったのに、どうしてそんなことするのよ。それに瘴魔を悪用できるとしたら、それは……）

瘴魔を浄化することができるのは、祝片の子のみ。そして、瘴魔を人の手で御そうとしたら、浄化の力という、瘴魔に対する鞭となりうる祝片の子が関わっている可能性が高い。

（それに記念式典の日、ゴルトナージュ枢機卿の動きは怪しかった……）

瘴魔を浄化した後は、花火などで会場がざわついていた。場が収まった頃、ゴルトナージュの姿を再び会場で確認したが、問い詰めることはできなかった。

彼について後日調べてみると、かつてこの国の教会に派遣されていた経歴があった。この地に知人や土地勘もあるのだろう。疑いだすと、何もかも怪しく見えてしまうのだった。

（彼が白にしろ黒にしろ、早く犯人を見つけ出したいのに……）

犯人が誰かはまだ断定できないが、シルヴィアを警戒しているのは間違いない。だからこそシルヴィアは外出を控え、療養という名目で自室に引きこもっている。今日はバルコニーでのアシュナードとのお茶会、という形で情報交換をするつもりだったが、彼は約束の時間を過ぎてなお姿を現さなかった。それだけ多忙だということだ。

（アシュナードにばっかり負担かけるのも、後が怖いのよね……）

だが、シルヴィア自らが動き回ると、敵も尻尾を隠し、事件解決を遠ざけることとなる。

どうしたものかと思い悩むうち、一つの妙案――と思える考えにたどりつく。

（あ、つまり、私だって気づかれなければいいわけよね？）

「シルヴィア王妃はおいでですか」

誰何の声とともにシルヴィアの自室に入ってきた男、ルドガーは視線を巡らせた。

光り輝く金の髪に、儚くも清廉なたたずまい。聖女シルヴィアは、立っているだけで衆目を集め、よく目立つ。しかし彼女の姿は今、部屋のどこにも見当たらなかった。

「王妃はどちらに？　陛下の名代として茶会の欠席の知らせと、書類をお持ちして――」

「ルドガー様、シルヴィア様は寝室でお休み中です。お声を潜めていただけますか？」

部屋の隅から、眼鏡をかけた、茶髪の侍女が進み出る。所作は整っており、礼の角度も完璧だったが、硝子ごしの銀青の瞳は溌溂と輝き、活発そうな印象だった。

「シルヴィア様は陛下を待っておいででしたが、お疲れになったようです」

「そうだったか。陛下の名代として遅参を謝罪しよう。陛下は急用が入られてな。今日の夕食後に改めてこちらを訪れるつもりだと、そうお伝えしてもらえるだろうか？」

「承知いたしました。こちらも主人から、言伝を預かっています。陛下にお渡しいただけますか？」

「あぁ、渡しておこう」

手紙の表面の『陛下へ』という文字は、確かにシルヴィアの手だ。

ルドガーは生来の仏頂面のまま手紙を受け取ると、部屋を後にしたのだった。

「ふふっ、変装は完璧ね」

紺色の侍女服でくるりと一回転し、シルヴィアは上機嫌に笑った。

以前、部屋から抜け出すために侍女のお仕着せを拝借した。王妃が袖を通した服など恐れ多いと言われ、シルヴィアの私物となり、衣装櫃の肥やしになっていたのだ。

「ルドガーは私だって気づいた様子もなかったし、これなら他人にはバレないわね」

アシュナードの腹心であるルドガーとは、幾度か間近で顔を合わせ、言葉を交わしたことがある。そのルドガーに、一対一の至近距離で気づかれなかったのだ。そう簡単に、他人に変装だと気づかれることはないはず。

今のシルヴィアは、こげ茶のカツラを被っている。カツラは、ハーヴェイからの差し入れだ。帝国に持ってき損ねていた、細々とした身の回りの品を、ハーヴェイが衣装櫃に入れ送ってくれた。その隅に、以前お忍びの際に使っていた、変装用のカツラも入っていたのだ。

こげ茶の髪に、眼鏡をかけた侍女姿。顔に施した化粧も、少女らしい瑞々しさ、血色の良さを強調したものだ。口を開けば、年相応に弾んだ明るい口調。いつも聖女として振る舞っている時とは真逆の印象になるよう、念入りに変装――素を出していた。

「昔、お忍びで変装していたのが役に立ったわね」

この姿のまま外に出れば、誰もシルヴィアだと思わないはずだ。

ルドガーも、そして部屋に控えていた他のシルヴィア付きの侍女も、誰一人変装には気づかなかった。仕上がりは上々。せっかく気合を入れて変装したのだから、この姿のままアシュナードを出迎えて、反応を見るのも面白そうだ。

侍女姿のまま日課である帝国の歴史の勉強を行い、運ばれてきた夕飯に手を付ける。

最後の一皿を片付けてしばらくすると、廊下へと繋がる扉が、ノックの音とともに開かれた。

「昼間は待たせて悪かっ――」

「陛下、こんばんは」

悪戯っぽく笑いかけると、アシュナードが動きを止めた。

（あら、珍しいわね。こんなに驚いた顔、初めて見たわ）

ちょっと得した気分になり、小さくふきだしてしまう。

シルヴィアの部屋の侍女の人選は、アシュナードも目を通し関わっている。なのに、見覚えのない侍女がいたせいで、間者を疑い動揺しているのかもしれない。

うっかり騒ぎにならないよう、早めにネタばらしをしようとするが――

「きゃっ!?」

強い力で手首をつかまれ、背中を壁に押し付けられる。

「おま、いや、あなたは――!!」

「…………っ!!」

覗き込んでくる金の瞳の強さに、言葉が潰え空回る。

真摯な瞳に、救いを求めるようなその姿。既視感を覚えつつ、気圧されながらも唇を開いた。

「わ、私です陛下。シルヴィアです!!」

口調をいつもの聖女のものに戻して言うと、アシュナードが再び目を見開いた。

「……なるほど、そういうことか」

「どういうことですの？」

「いや、何でもない……」

珍しく、アシュナードが言葉を濁す。

手首を戒める力は弱められ、壊れ物を持つような、柔らかな力加減になっていた。

「……まさか、と思っていたが、予想が当たるとはな」

シルヴィアには届かない小さな声で、アシュナードが呟く。

腕の拘束が緩まった隙に、シルヴィアはアシュナードから距離を取るよう下がった。

乱れた衣服を整え、あらためて事情を説明しはじめる。

「聖女である私が出歩いていては、敵も尻尾を見せないでしょう？　ですから、私は――」

一拍を置き、意識を切り替える。落ち着いた聖女から、シルヴィア本来の気性にほど近い、勝気さを感じさせる声色へと。

「――こうして侍女や町娘に扮装して、外を動き回ろうと思うの」

「見事な化けっぷりだな」

「おほめに与り、光栄ね」

してやったりと笑う。聖女の時にはおくびも出さなかった、いたずらっ子のような得意顔だ。

今までとは別人といったシルヴィアを前に、アシュナードは吐息をつくように笑った。

おかしそうで、嬉しそうで。そんな感情を隠すことも無い、自然な笑いだった。

（なによ、驚いた。そんな顔もできるの……？）

彼らしからぬ柔らかな表情に、何故か心臓が騒ぐ。鼓動の理由がわからず戸惑っていると、アシュナードの顔は、いつもの人を食った笑みに戻っていた。

「おまえ、そちらの方が本性だろう？」

「そんな、まさか――」

もう一度深呼吸し、がらりと口調を切り替え、聖女らしく微笑んでみせる。

「――聖女であっても、市井にまぎれ行動することもありましたわ。そんな時のために、訓練は欠かしませんでしたの」

「女は皆女優だと言うが、おまえは大女優だな」

「これくらい、聖女のたしなみですわ」

「……おまえは一体、聖女を何だと思っているんだ？」

「実際に今、陛下の目を欺けたのですから、役に立ちましたわ――それに、陛下だけでなくルドガー様や、私付きの侍女も気づかなかったわよ？」

話す途中で器用に声色を変えると、くるりとその場で一回転し、部屋の中を歩き回った。

足取りは軽く、表情もくったくないもの。町娘そのものといった様子だった。

「だから、変装しての外出を認めろと？」

「えぇ、これなら文句ないでしょ？　一日中だって、こちらの口調で過ごすこともできるわ」

自信たっぷりに胸をそらす。やはり、素に近い口調は楽だ。

どうだとばかりにアシュナードを見上げると、視線をそらされてしまった。

「……あぁ、そうだろうな。その点については、心配はしていないさ」

「へ？」

まじまじと、アシュナードの顔を見返した。変装の出来を認めてもらえたのは、喜ばしいことだ。だが、あまりにもあっさりと認めすぎではないだろうか？

（アシュナードのことだから、「どんな状態でも変装が保てるか証明しろ」とか、無理難題を振ってくるかと思ったのだけど……）

それだけ、シルヴィアの変装に衝撃を受けたということだろうか？

だとすれば、先ほどからアシュナードの様子がおかしいのも説明がつくが、釈然としなかった。だが、下手につっついても藪蛇になるかもだ。今はまず、変装しての外出を認めさせるのが先だった。

「夫である陛下だって、変装を見破れなかったんだもの。十分及第点よね？」

「違う。疑ってはいたさ。以前からな。だがまさか、そんな都合のいいことがあるかと、そう思っていただけだ」

「以前から？　都合のいいこと？」

何だそれはと、首をひねる。

「一体何を言っているの？　陛下、やっぱり調子がおかしいわよ。変なものでも食べたの？」

「ありがとう、わかったわ。それじゃぁ早速、変装計画について説明するわ――――」

「おまえの化けっぷりに免じて、外を動き回るのを考えよう。ただし、いくつか条件がある」

アシュナードは吐息を漏らすように笑うと、長椅子に腰を下ろした。

「……そういうことにしておいてやろう」

「そういう演技設定よ」

「歯に衣着せぬ物言いだな」

王城とは君主のあるべき場所であり、国威を示す場でもある。

プレストリア帝国の王城も例外ではない。帝国を代表する芸術家の作品が飾られ、御影石の床は鏡のように磨き抜かれている。

そして美しい内装を保つには、日々の細かな手入れが欠かせないものだ。

「お掃除お掃除、っと」

磨き粉とブラシの入った籠を手に、シルヴィアは使用人用の通路を進んだ。

アシュナードの了解を得て、変装しての調査はすんなりと準備が整った。

侍女長らに話をつけ、新米侍女という体裁で、こっそりと動くこととなった。今日も王城内の床の清掃を隠れ蓑に、あちこちを見て回っている。

「あ、発見。ここも汚れてるわね」

廊下の隅を見て、シルヴィアは呟いた。執務区域の一角だ。埃やごみ屑、泥といったものは落ちていない。だが、祝片の子であるシルヴィアの感覚は、うっすらと漂う瘴魔の気配——あってはならない汚れを捉えていた。

「ここも要注意、っと」

頭の中の地図に印をつけておく。

王城の詳細な間取りは、機密情報にあたる。シルヴィアも見せてもらえなかったが、ここのところ城内をうろついていたおかげで、おおまかな位置関係は把握することができた。

(通用門の裏側と、中庭に加えて、これで三か所目ね)

探知した瘴魔の気配は、いずれも微弱なもの。瘴魔本体のものではない。

瘴魔の近くにいた人間には気配が移る。更に、その人間が長く一か所に留まると、その場にもうっすらと瘴魔の気配が残る。通常の人間、あるいは祝片の子であっても気づかない人間も多いだろうが、シルヴィアの目は誤魔化せなかった。

(けどこれだけじゃ、誰が瘴魔と関わりがあるのか、絞り込めないわね)

侍女に扮しての調査開始から、もう八日だ。瘴魔の気配を感知した場所はアシュナードに報告しているが、王城は広く、人の出入りも多い。

いっそ、瘴魔本体が城内をうろついていてくれれば、その動きを追うことも可能だが――

(だからってこんな真っ昼間から、瘴魔が城内をうろついてるとも思えないし……)

考えつつも念のため、探知能力を発動させ、周囲へと広げる。

城内各所に置かれた聖水のおかげで、シルヴィアの探知範囲は、王城全域に及ぶ。

そうして暫く集中していると、感覚の片隅にひっかかるものがあった。

(うそ、当たりっ⁉)

距離が離れているため不鮮明だが、残り香にしては強すぎる。

一旦探知能力を切り、歩き出す。気配の先は、王城の奥院、居住区にほど近い廊下の端だ。

歴代の皇帝は複数の愛妾を抱えていたため、彼女らの住まいも王城内に設けられていた。

だがアシュナードには未だシルヴィアしか妃がいないため、居住区は閑散としている。

そんな居住区へと続く一角は、人通りも少なく、他の区域へとつながる通路も無い。

シルヴィアはじっと壁を見つめた。やはり瘴魔の気配はそちらから――あるいは、壁の先から漂ってきている。

(隠し部屋、ということかしら?)

おそらくこの先に、今も気配の主――瘴魔がいるはずだ。

シルヴィアは目を閉じると、感覚の全てを、瘴魔の気配探知へと傾けた。

(壁の向こうに、強い気配が一つ、それにもう一か所――)

研ぎ澄まされた感覚に、小さな小さな、今にも消えてしまいそうな気配が引っかかる。

儚い気配をまとうのは、壁に象嵌された蔓薔薇の蕾の一つだ。一見、何の変哲もない装飾の一種に見えた。手を当て、強く押してみる。しばらくは何も起きず、ハズレかと思ったが、ふいに抵抗が消失し、指先が沈み込む。音も無く壁の一部がずれ、暗い入り口が開いていた。

（なるほど、これじゃちょっとやそっとじゃ気づかないわね）

入り口の壁は、装飾の模様で境目が隠されていた。開く鍵となる蕾の象嵌も、一定の力を何十秒もかけ続けなければ、開かないようだった。仕掛けの起動部分に、瘴魔を連れていた人間が、長く触れていたのだろう。そのせいで、薄く瘴魔の気配が残っていたのだ。

（おかげで、私は開け方がわかったけど、簡単には気づけないわよね、この仕掛け）

慎重に、隠し通路を覗き込む。通路の先は闇に沈んでいたが、瘴魔の気配が、うっすらと道しるべのように続いているのがわかる。

暗がりに目の慣れたシルヴィアは、そっと通路へと踏み込んだ。

道幅は人一人が通るのがやっとで、やや下り坂だった。埃が舞い上がるが、足元に凹凸はなく、歩きやすいよう整備されているようだ。

（いざという時、王族が脱出のために使う道かしら？）

闇の中、通路は傾斜を深めていく。注意して進むと、つま先が空を切る。階段だ。

下り道の先から漂う瘴魔の気配を頼りに、足音を立てないよう進む。暗中の道のりはゆっくりとしか進まなかったが、しばらくも進まないうちに、道先から漏れる光が見えた。

更に進むと光とともに、声が漏れ伝わってくる。

「……が……ここ……」

「仕込みは……あと……」

男の声だ。少なくとも二人はいる。耳を澄ましながら、シルヴィアは唇を噛んだ。

(何よこれ、この気配。まるですぐそこに、瘴魔がいるみたいじゃない)

なぜ、声の主は逃げ出す気配も無く、会話を続けているのだろう。

声を漏らさないよう注意しながら、じりじりと距離を詰める。

通路の先で道幅が広がり、小部屋のようになった場所から、声と気配は漏れているようだった。

「……にしても、気もち悪いなこいつら。こっち睨んできてるぞ」

「こいつら瘴魔は、人間のことが憎くてたまらないらしいからな。我慢しろ」

「そんなことはわかってる。この牙を見ろ。今にも噛みついてきそうだ」

「心配するな。今はこの首輪があるから、近くまで行かなければ安全だ。瘴魔がかみ殺すのは、アシュナードの小僧と、そのとり巻きだけさ」

「はっ、違いないな」

薄闇に、男たちの笑う声が響く。

（こいつらアシュナードを暗殺するつもり？　それに、『この首輪』って……）

どういうことなのか、襟首を摑まえて問い質したくなるが、今は男らに見つからないよう、盗み聞きに徹した方がいい。そう思い、足を止め我慢したシルヴィアだったが――

「おい、瘴魔の様子、おかしくないか？」

「ん？　ほんとだな。なんだ、向こう側をじっと見つめて？　何かあるのか？」

足音が、こちらへと近づいてくる。

（まずい、瘴魔に勘づかれたっ!!）

男は灯りを持っているようで、光が強くなる。逃げようにも通路は一本道だ。

シルヴィアは観念すると、男らのいる小部屋へと身を投げ出した。

「あ、あの、ここで何をしているんですか？」

「っ、おまえ、誰だ!?　何故ここにいる!?」

狼狽した男が叫ぶ。貴族風の装いだ。いささか額が広く、生え際が後退していたが、まだ三十といったところだろう。もう一人男がいたが、そちらも同じような服装と年齢だった。

「この場所は、他の人間は知らないはずだ。どこから入ってきた!?」

「わ、私は、清掃を担当する侍女です。拭き掃除をしていたら、壁の一部がずれて……」

「くそっ、迷い込んできたというわけか」

「は、はい。すみません。ここで見たことは、誰にも言いませんか――っひっ!?」

恐怖で口が動かない、といった様子で、シルヴィアは身を震わせた。

「なんですか、その黒い化け物っ⁉」

声をひきつらせ、小部屋の暗がりをぶるぶると指さす。

部屋の隅に、瘴魔がうずくまっている。首と四肢には何本もの透明な輪がしめられており、首の輪の一本から伸びた鎖で、部屋の隅につながれているようだった。

「そ、そいつは何なんですか⁉　ひいっ⁉」

「うるさいぞ、小娘。わめくな」

「ははっ、どうやらこいつ、瘴魔を見たことが無いようだな。若いようだし、仕方ないか」

怯えるシルヴィアに、反対に男たちは余裕を取り戻す。

男らは鞘から抜いた剣を見せつけるように、ジリジリとシルヴィアへと近寄ってくる。

「こないでくださいっ‼」

「残念だが、無理な相談だ。おまえは、瘴魔を見てしまったからな」

「あ、あなたたちは何がしたいんですか⁉　瘴魔は人の敵、十五年前に滅んだはずでしょう⁉」

「表向きには、な。だが世の中、裏の顔があるのがお約束だ」

「っ、だから口封じに、私を殺すの⁉」

「そういうことだ。諦めた方が、早く楽になるぞ？」

近づく距離に、シルヴィアは手にしていたブラシを握りしめた。

「────そんなの、お断りよっ!!」

「うおっ⁉」

男の顔面めがけ、力いっぱいブラシを投げつける。叫ぶ男の隙をつき、走り出す。

小部屋の外、通路の先へ────ではない。

その逃走経路は、きっと男たちも予測しているし、すぐに追いつかれてしまう。

男らの脇をすり抜け、部屋の奥、瘴魔へと走り寄る。

「この小娘っ、やりやがったな⁉　殺してやる!!」

「いや待て!!　こいつ馬鹿だ!!　瘴魔にかみ殺されて終わ────なっ⁉」

信じられないといった様子で、男が狼狽をあらわにする。

瘴魔は、間近まできたシルヴィアに牙をむくことなく、小さく身を縮めていた。

「なんだこいつっ⁉　なぜ小娘に噛みつかない⁉」

「そんなことしたら、消滅するとわかっているからよ」

「きさま、何をした⁉　その光は何だ⁉　まさかおまえ、祝片の子かっ⁉」

シルヴィアを包む光は、祝片の子の浄化能力の証しだ。

浄化能力の範囲を限定し、体表を覆う程度に広げている。瘴魔が光に触れれば、たちどころに消え失せてしまうから、こちらに牙を向けることはない。

(瘴魔は滅ぼすべき存在。でも今は、盾になってもらうわ)

シルヴィアは剣を持った男に敵わないが、男たちは瘴魔を恐れ、近づくことができない。

膠着状態の中、シルヴィアは瘴魔の首に何重にもまかれた首輪に目を向けた。

(これは、硝子の輪？　輪の中が、空洞になっていて、中に入っているのは、聖水……？)

鈍く透き通った首輪の中で、液体が揺れる。そこから発せられるのは、祝片の子の力が込められた聖水の気配だ。

(硝子は、もろい。瘴魔が暴れれば、硝子製の輪が割れて、中の聖水が降りかかる。だから瘴魔も、無闇に動くことができないということね)

瘴魔は人を憎み傷つけるが、祝片の子の浄化能力の前には無力だ。

当たり前の知識だが、悪用することで、瘴魔を飼いならすなど、考えたことも無かった。

おそらく、男たちが瘴魔を移動させる際は、体に聖水をふりかけ、飛び掛かられないようにしていたのだろう。部屋の隅に、聖水入りの瓶が見えた。瘴魔の鎖を引っ張りつつ足を進め、男らと聖水瓶の間に立ちふさがる。出遅れた男らが、小さく悪態をつくのが聞こえた。

「こんな悪趣味な首輪、誰が考え付いたのよ？　あなたたち一体、何をするつもりなの？」

嫌悪感もあらわに、男たちを詰問する。

返ってきたのは険悪な沈黙だ。男たちはシルヴィアを睨みつけ、じりじりと距離を詰めようとしていた。シルヴィアは眉根を寄せると、手にしていた瘴魔の鎖を引っ張った。

「もう、めんどくさいわね。大人しくしてくれない？」

「ひいっ⁉」

瘴魔の鎖を手に、男らへと向かい歩き出す。

鎖に引っ張られ、瘴魔が立ち上がる。瘴魔はシルヴィアから少しでも遠ざかろうと、男らのいる方へ足を進め、うなり声をあげ威嚇した。

「おまえ、このっ、何をするんだ⁉」

「番犬とお散歩？　敵の敵は味方、というとこかしら？」

「っ、ふざけるなっ‼」

瘴魔を番犬のごとく従え、シルヴィアは言い放った。

ただの侍女ではありえない威圧感に、男らが息をのむ。

「くそ、おまえ何者だ⁉　さっきの浄化の光といい、何がしたいんだ⁉」

「あら、まだわからない？　結びつかない？　私の変装が堂に入りすぎてるってことね」

「何を訳が分からないことを⁉　っ、ひいっ、そいつを近づけるなっ‼」

「そんなに怖がる存在を、あなたたちはアシュナードにけしかけようとしてたわよね？」

「くっ、我らには大義がある‼　おまえのような小娘といっしょにするな‼」

偉そうにわめきつつも、男らの腰は引けている。

シルヴィアが瘴魔とともに歩みを進めると、怯えた顔で後ずさり負け惜しみを叫んだ。

「正統な皇族の血を引かぬアシュナード、あの簒奪者に、相応しい罰を与えてやるだけだ‼」

「そのためなら、闇討ちや卑怯な手も辞さないってことね」

「黙れ‼　アシュナードは逆賊‼　討たれて当然だ‼」

大声で言い捨て、男らが身を翻す。

瘴魔とシルヴィアから遠ざかろうと走り出し――すぐに逃走は終わりを迎えた。

「陛下のことを逆賊とは、聞き捨てならないな」

「ひいっ⁉」

走る男の首筋に、冷ややかな切っ先が押し当てられる。

剣を構えるのは、鋼よりも冷ややかな声色の銀髪の男だ。

(今度は、本物の番犬の登場ね)

アシュナードに忠誠を誓う番犬こと、銀狼公ルドガーだった。

ルドガーの背後には十名近くの護衛兵が付き従っており、油断なく剣を構えている。

「シルヴィア様、お怪我はありませんか？」

「ええ、大丈夫よ」

答えつつ、瘴魔の鎖を元の場所へとつなぎなおしておく。

ルドガーと配下の兵たちは、手早く男たちを縛り上げると、小部屋の中を捜索しはじめた。

彼らは、アシュナードの命で動いている兵だ。侍女として動き回ることと引き換えにつけられた、監視兼護衛の兵たち。彼らの存在があればこそ、シルヴィアも強気で捜査を進め、隠し通路に踏み込むこともできた。

一介の侍女に護衛兵がついていては不自然なため、距離をとってもらっていたのだった。

「駆けつけるのが遅れてしまいすみません、シルヴィア様」

「気にしないで。私も少し、先走りすぎちゃったから」

ごめんなさいと軽く手を振り、笑いかける。すると、ルドガーの眉間のしわが深まった。

「あら、どうしたの？　子供が泣き出しそうな顔よ？」

「……あなたは、本当にいつものシルヴィア様なんですよね？」

「そうよ？」

「女は化けると、陛下も仰っていました。ですが、先ほど瘴魔を従えたあなたは、まるで別人だった。侍女として振る舞う姿も、一切違和感がないほどです。本当のあなたは、どの姿なんだろうな？」

紫紺の瞳が、じっとシルヴィアを見据える。

(ちょ、あの時点からもうこの場にいたの？　だったら、早く助けに来なさいよ)

シルヴィアがどう立ち回るか、観察していたということだろうか？

アシュナードの腹心を務めるだけあって、食えない男だった。

「……あれは、敵に侮られないための虚勢ですわ」

聖女らしい口調に戻し、ゆるく微笑む。

「侍女としての振る舞いも、先ほどの強気な口調も、全ては演技にすぎません。その証拠に、ほら、見てください。私の指は、今も恐怖で震えていますわ」

ルドガーへと、震える腕を差し出す。全てが演技ではない。十分勝算があったとはいえ、大の男に剣を向けられるのは怖かった。一たびそちらへ意識を向ければ、恐怖の余韻が、寒々と体を震わせているのがわかった。

「……そうでしたか。無用な疑いをかけ、すみませんでした」

恐怖が本物だと伝わったのだろう。ばつが悪そうに、ルドガーは顔を背けた。

（ちょろ、いやいや、いい人ね。顔は怖いし、食えないところもあるけど、いい人よね）

心の中で人物評を新たにしつつ、腕を下ろす。

（そういえば、ブラシと籠、どこで落としたんだろ、拾って回収しておかないと）

周囲を見回し、小部屋の入り口近くに転がっているブラシを見つける。

取りに向かおうと歩き出し――――その足がふらついた。

「きゃっ⁉」

「危ない‼」

倒れ込んだ体を、咄嗟にルドガーが支えた。

「大丈夫ですか？」

「あ、ありがとうございます」

思ったより、恐怖が強く残っていたようだ。足が震え、上手く立つことができなかった。

(うぅ、情けない。でもこれで、より聖女としての清楚さ、儚さアピールになるかも?)

転んでもただではおきまいと、すばやく打算を弾く。ルドガーの様子をうかがおうと、首を傾け見上げる。すると、今までより一層深く、強く眉間にしわが寄っているのが見えた。

(顔こわっ‼ 何よ⁉)

硬直していると、背後から硬質な足音が聞こえた。

「随分と、ルドガーのことを頼りにしているようだな?」

「っ⁉」

痛いほど腕を引っ張られ、ルドガーから引き離される。

背中が固い胸板にあたり、黒い髪が視界の端で揺れる。

「申し訳ありません、陛下。シルヴィア様が体勢を崩されたので、支えさせていただきました」

「わかっている。ご苦労だったな」

言い放つアシュナードの声は、どこか硬い。

(き、機嫌悪いわね……)

顔だけならルドガーの方が怖いが、アシュナードの方が雰囲気が険しく、近寄りがたかった。

「陛下、ルドガー様の仰る通りです。何もやましいことはありませんわ」

「だろうな。でなければ斬っている」

アシュナードが平然と言い捨てる。

(物騒すぎるでしょ怖いわよ!! いったい何があったのよ!?)

何か、部下から思わしくない報告があって、虫の居所が悪いのだろうか？

「陛下、そんなに気を荒げないでください。何か御気分を害することでもありましたか？」

「今日の前でな」

妻であるシルヴィアが、他の男性に寄りかかったことが、そんなに不快だったのだろうか。

(ルドガーや護衛兵もいるし、夫婦不仲に見えてもまずいわよね……)

そこまで目くじらを立てなくても、と思うが、下手に大事にするのも面倒だ。

「先ほどのは、ただの事故です。私が殿方として頼りにするのは、陛下お一人ですわ」

「その言葉、嘘はないな？」

「はい、本当で――――きゃっ!?」

足先が地面から離れ、宙に浮く。

背中と膝の裏に手が回され、アシュナードに抱きかかえられていた。

「腰が抜けているんだろう？　部屋まで運んでやる」

「しばらくすれば歩け――――」

「少しは、私にも頼れ」

「っ‼」

耳元に落とされる、甘く艶めいた声。言葉を失うと、睦言のように囁かれた。

「黙って身を預けろ。おまえは、私の妻なのだから」

これも、夫婦仲良好アピールの一種。つまり、聖女として王妃としての演技の一環だ。

そう自身に言い聞かせ、赤くなった顔をアシュナードから背ける。視界の隅に、呆れたように眉間のしわを浅くした、ルドガーの姿が目に入った。

頬の赤みは、ようやく自室につく頃引いてきた。礼を言い、長椅子の上におろしてもらおうとすると、アシュナードが小さく囁く。

「今日はもう休め。体調を整え背筋を伸ばすのも、妃であるおまえの務めだからな」

アシュナードはシルヴィアを解放すると、最後に一度、髪を撫で出て行ってしまった。

何故、頭を撫でたのだろう？　まさか、カツラがずれていた？　鏡に向かい確認してみたが、髪に大きな乱れは無い。アシュナードの手が触れた箇所が、少しこそばゆいくらいだった。

(もう、何がしたかったのよ)

最近のアシュナードは、気まぐれが多かった。意地と口の悪さはあいかわらずだが、時折思い出したように、気遣う言葉をかけてくることがある。見下した態度には、笑顔の鎧を返せばいい。だが、優しくされると調子が狂ってしまう。

（今度は、こちらを心配するふりをして、上手く操ろうとしているのかしら？）

なんて狡猾な――と疑いかけ、自己嫌悪に頭をふった。

アシュナードに、打算があるのは間違いない。とはいえ純粋に、シルヴィアを気遣う気持ちもあるのかもしれなかった。アシュナードが冷酷一辺倒な人間ではないことは、ルドガーなど、彼に忠誠を誓う人間がいることが証明していた。

（うーん、だとしてもなんで急に、私への当たりが柔らかくなってきたのかしら？）

最近あったことといえば――侍女に扮装しはじめたことくらいだろうか？

もしかして、侍女として行動する際の、シルヴィア本来の口調が気に入って――

「なんてこと、あるわけないわよね」

自嘲気味に笑う。アシュナードはシルヴィアと違い、下級とはいえ貴族の生まれだ。素のシルヴィアのような振る舞いの娘が、物珍しいだけだろう。聖女である自分が、町娘のようにしゃべるのが面白く、気まぐれに優しくしているに違いなかった。

わがままで品が無い、聖女らしさとは真逆な自分が、アシュナードに本心から受け入れられるなんて、甘っちょろい考えは捨てるべきだ。

――期待した分だけ、傷つくのが怖かった。

その相手が、アシュナードであるのが、どうしてかとても怖かった。

（……アシュナードの気まぐれでも、態度は軟化して話しやすくなった。それに最近は、私を

通して誰かを見ているような目をすることもないわ。なら、それで十分じゃない）

今までだって、ずっと猫を被って生きてきたのだ。例外はハーヴェイと、そして――

その日も、シルヴィアは町娘に扮装し、神殿から抜け出していた。

少年の――ラナンとの待ち合わせへの道は、すでに慣れ親しんだものだ。しかし、いつもと異なり、その日のシルヴィアの足取りは重かった。

「リーザさん、どうしたんですか？　具合が悪いんですか？」

待っていたラナンが、顔を曇らせた。どうも、思ったより顔に感情が出てしまっていたようだ。

シルヴィアは安心させるように微笑んだ。

「あのね、ここにくるのは、今日が最後になると思うの」

「えっ……」

ラナンが動きを止める。瞳は見開かれ、まつげが震えていた。

「僕何か、リーザさんの気に障ることしちゃったんですか？」

「違うわ。あなたのことは好きよ。私が、この街を離れなければならなくなったの」

「そんな、どうして、この街を出るんですか？　またここにくることはできないんですか？」

「残念だけど、難しいわ。家の事情で、遠い町に行くことになったの」

「…………嫁がされる、ということですか？」

「えぇ、そんなところよ。どうも、相手の方はとても気難しい人みたいなの。手紙のやり取りも、家族以外とは認めないと言われたわ。遠出するのも、どうやら難しいようなの」

用意していた嘘を紡ぐ。封印の儀に臨めば、ラナンと再び会話を交わすことは不可能だ。

正直に告白したかったが、封印の儀に触れれば、聖女である正体を明かすことになる。

(私には縁のなかった話だけど、私くらいの年頃なら、結婚して遠くに行くのも、自由を失うのも、珍しいことではないものね……)

どちらにしろ、少年との時間は、今日で最後になるのだった。

「……もう二度と、会えないんですか？」

「ごめんなさいね。こちらの事情を押し付けて」

「っ、謝らないでください!!」

少年は顔を上げると、じっとリーザを――シルヴィアを見つめた。

「リーザさんはいいんですか!?　この結婚に納得してるんですか!?　嫌じゃないんですか!?」

「好き嫌いの問題じゃないわ。やるべきことを、やるだけだもの」

迷いなく言い切る。

結婚こそ嘘だが、封印の儀に臨むことは、既に揺らぐことのない決定事項だった。

「でも、リーザさんが嫌なら、僕が連れて……」

語尾が消え入り、少年が顔をうつむける。泣いてしまうだろうか？　いや、泣かないはずだ。

彼は、涙を人に見せたがらなかったし——世の中には、自分の力ではどうにもできないこともある。そう理解しているはずだった。

「ありがとう、その気持ちだけで十分よ」

優しい拒絶の言葉とともに、少年の頭を撫で、笑った。

シルヴィアには珍しい、心からの笑いだった。

——聖女ではない、ただのリーザでしかない自分との、別れを惜しんでくれる人がいる。

それだけで十分だ。その思い出さえあれば、後悔なく身を捧げ、封印の儀を行うことができる。

(ラナン君にとっては身勝手な、酷い選択だけど……)

彼には、悪いことをしたと思う。仲良くなっておいて、一方的に関わりを断つのは残酷だ。

だが、彼一人のために、シルヴィアが決意を変えることはない。

ラナンも、シルヴィアの意志の固さを感じ取ったのか、なかなか言葉が出ないようだった。

「……………リーザさんは、もう、僕のところに来ることはできないんですよね？」

「ごめんなさい」

「だったら、僕が行きます」

少年の金の瞳に、小さく火が灯る。

「大きくなって、強くなって、リーザさんを縛るもの、全部振り払えるようになって、絶対また会いに行きます。だから、待っていてください」

「…………えぇ、ありがとう。私も、いつかそんな日がきたら嬉しいわ」

嘘だ。少年がどれほど努力しようと、再びシルヴィアと会うことは不可能だ。

それに時は流れ、人は変わっていくものだ。ラナンもいつか、シルヴィアとの日々を思い出にし、自分の人生を歩むはずだ。そんな彼が生きる世界の、助けになることができるのなら、

(聖女という役割も、悪くないわね)

封印の儀で眠り続けても、良い夢が見られるのかもしれなかった。

幸福な、夢を見た。春空の雲のように朧げで、その内容はぼんやりとしていた。

全身を包み込むような、暖かな心地よさに揺蕩う。

「――――、――――」

誰かの声が耳をくすぐる。まだ眠っていたいと首を振ると、温かな気配が頬に近づく。

「――眠り足りないのなら、また抱きかかえて部屋まで運んでやろうか？」

「ん、う、また、抱きかかえ………って!!」

瞼を開ける。金の瞳と視線がかち合った。頬に当たる、固く、ほのかに温かな感触。アシュナードの肩に頭を預け、眠り込んでいたようだった。

「っつ、起きてます大丈夫ですわ!!」

勢いよく体をまっすぐにした。

馬車の椅子は狭かったが、できる限りアシュナードから距離を取る。

(寝込むなんて!! あぁもう失敗したわ!!)

これでよだれでも垂らしていた日には、恥ずかしさと情けなさで死ねる。

「心配するな。よだれも寝言も無く、それはもう可愛らしい寝顔だったぞ?」

「と、当然ですわ!! 聖女たるものよだれなんか出しませんから!!」

ふふふ、と。精一杯清楚に、慎み深い笑みを浮かべて見せる。

「寝起きでまで猫を被るとは、おまえの猫は相当年季が入っているな」

「猫? 何のことでしょうか? 私はこれが自然体ですわ」

「強がるな。ずっと演技を続けるのは疲れるだろう? 今だってぐっすりと眠って、どんな夢を見ていたんだ?」

「ここは、私の故郷から離れています。夢の中で郷愁にふけりたいこともありますわ」

誤魔化しつつ、シルヴィアは窓の外を見た。

馬車は今、パリスの赴任する帝都近郊の教会へと向かっていた。三日前に、王城内で捕らえた男たちからの情報だ。下級貴族である彼らは、アシュナードの即位に反対していた家の人間らしい。仲間はどれだけいるのか、この先何を企んでいたのか。未だ口を割っていないが、所持品から見つかった地図の、パリスのいる教会の位置に印が打たれていたのだ。

眠気をかみ殺しつつ、シルヴィアは、窓に反射した自身の顔を見た。表情筋を総動員したおかげで、映っている表情に、睡魔の影は見うけられなかった。

(うーん、最近、妙に眠たくなりやすい原因って、やっぱり……)

今日の昼前、王城に何か不審な点は無いかと、念入りに瘴魔探知能力を使った。

能力行使の直後は強い睡魔に襲われ、今も体の芯に眠気が凝っているのがわかる。

(浄化能力が弱まっていて、強い力を使うと眠くなってしまう、ということかしら……)

瘴魔の再出現が危惧される今、厄介な状態だった。確信は持てないが、嫌な予感ほど外れないものである。思案に沈む視界に、柔らかな緑が優しい。曇る心中とは裏腹な、なだらかな牧草地が窓外を流れていくのが見えた。

「故郷、か……」

ふいに、車窓を眺めていたアシュナードが呟きを落とす。

「おまえはやはり、教国に帰り、あちらで暮らしたいと思っているのか?」

シルヴィアにとっての故郷は、聖女として十年近くを過ごした、教国の聖都だ。

今でも懐かしく、恋しく思うことはある。

「……帰りたい、と願うことはありますわ。ですが、今の私は陛下の王妃です。それに、瘴魔の影が見え隠れする今、放り出して帰るわけにはいきませんわ」

「つまり、義務と責任感か」

アシュナードの目元に、黒い髪が落ちた。伏せられたまつげを、揺れる髪先がかすめる。表情のない顔は、整いすぎて作り物のよう。瞬く瞳から、何故か目を離すことができなかった。

「国と故郷を思い、名前すら知らなかった男のもとに嫁ぐ。おまえはその選択を、後悔しなかったのか？　嫌だとは思わなかったのか？」

「それは……」

嫌に決まっている。言おうとして、唇が動かないのに気づいた。

（嫌だったのは、本当だけど……）

アシュナードの横顔を見る。金の瞳がくすぶるような熱を宿し、こちらへと向けられている。

その熱に炙られるように、とくりとひとつ、心臓が不規則に鳴った。

「き、嫌いだとか、好きだとか、そういう問題ではありません。私は、やるべきことをやるだけですもの」

胸の鼓動から気をそらすように、自らの意思を示す。

（………うん？　なんか前にも、似たようなことを、誰かに言ったような？）

いつのことだろう。既視感がある。首をひねっていると、小さな笑い声が聞こえてきた。

「どうしたんですの？　私、何もおかしなことは言ってませんわよ？」

「おまえはやはり、おまえなのだなと思ってな」

「意味がわかりませんわ」

「なら、それでいい」

おまえはそのままでいい。そう呟くと、アシュナードは深く座席へと身を埋めたのだった。

訪れた教会は、やはり前と同じにうらぶれていた。しかし、以前とは違い、今日は先客があるようだ。入り口の門扉からほど近い場所に、二頭立ての馬車がつながれているのが見えた。

(地味だけど、作りはしっかりした馬車ね。どんな人が来ているのかしら？)

停められた馬車の横を通り、敷地内へと入る。

すると教会の横手から、ひょこひょこと揺れる金髪がのぞいた。

「パリス様、ごきげんよう」

「シルヴィア様!?」

驚くパリスの腕には、たくさんの花がある。いずれも野に自生している野花だが、いろとりどりで美しかった。目に鮮やかな花々を抱き、パリスの表情も、嬉しそうにほころんでいる。傲慢なアシュナードを筆頭に、油断ならない人間に囲まれたシルヴィアにとって、くったくのないパリスの笑顔は、とても眩しかった。

「こんにちは。突然だけど、少し気になることがあって、お話を伺おうと来ましたの。そのお花は、堂内に飾るものかしら？　私もお手伝いしてもよろしいですか？」

「そ、そんなっ!!　シルヴィア様のお手を煩わせるなんてとんでもないです!!」

恐縮極まりないといった様子で、ぶんぶんと金の頭が振られる。

「それにこれは、墓に手向ける花なので、私自ら供えたいんです」

「あら、そうでしたの。すみませんでしたわ」

「そんな、謝らないでください。あの、もしよかったら、シルヴィア様も墓前でお祈りを捧げてくださいませんか？　その方が、きっと彼女も喜ぶと思いますから」

「構いませんが、彼女とは、どなたのことでしょうか？」

「アスティナ様――以前お話しした、瘴魔浄化と引きかえに亡くなった赤髪の聖女様です」

パリスの空色の瞳が、風に揺れる花束へと向けられる。

「十六年前の今日、赤髪の聖女様は儚くなりました。数年前までは、彼女の偉業を称え大輪の花が飾られ、近隣の人々も祈りに来てくださったのですが――」

パリスにシルヴィア、そしてアシュナード。

周囲に他の人影はなく、小鳥の囀りが聞こえるだけだ。

「人は忘れる生き物ですが、やはり寂しいですね。記憶の中から消えてしまった時、人はもう一度死んでしまうのですから」

「そうね。本当にそれは、悲しいことですわよね……」

誰からも忘れられ、求められず、思い出されなくなる。

世界から消え失せ、空白になってしまう。それはとても怖く、耐え難いことに感じられた。

「でもきっと、アスティナ様は幸福です。パリス様の彼女を慕う心は、こちらにも伝わってきますもの。きっと天の御園で、彼女も安らかに過ごされていると思います。そうなるよう、私からも祈らせていただきたいですわ」

「シルヴィア様にそう言っていただき、アスティナ様も喜ばれると思います」

泣くように笑い、パリスは歩き出した。教会の裏手へと向かう彼に、シルヴィアも付き従う。

アシュナードも、墓前で騒ぐことは良しとしないのか、口を開かずついてきていた。

パリスの先導で、霊園へと入る。灰褐色の墓石が、かげぼうしのように並んでいた。奥まった一角の、よく手入れのされた墓石の足元に、パリスが静かに花を供える。

墓前で指を組み、魂の安寧を祈る文言を唱え、黙禱を捧げる。

長い祈りの後、パリスが赤髪の聖女との思い出を話し始めた。訥々とした語り口に耳を傾けていると、背後で草を踏む音がした。

「なかなか戻ってこないと思ったら、飛び入りがいたのか」

「ゴルトナージュ様……？」

痩身の枢機卿が、花を手に佇んでいた。

「ゴルトナージュ様が、何故ここに？」

「アスティナを弔うためだ。私は昔、この教会を担当していたからな。それにしても……」

冷ややかな眼差しで、ゴルトナージュが霊園を見渡した。

「ふん、今年も近隣の人間は、誰も来ずじまいか。薄情な恩知らずどもだな」

「彼らにも、日々の生活があるのでしょう。今はちょうど、畑が忙しい時季ですし……」

容赦ない言い分に、パリスが苦し気に反論した。

「心にもない言い訳を言うな。それに、おまえも悪いのだぞ、パリス。おまえが墓の清掃から献花まで、全てこなしてしまうから、他の人間も関わろうとしないのだ。年に一度の祈りの機会だ。近隣の人間に声をかけ、集まらせるべきだろう」

「強制された祈りを、アスティナ様が喜ばれるとは思いません」

「純粋だな。そして愚かだ。形が整ってこそ、保たれる敬意もあるものだ。現に見てみろ。このあたりの人間は、命を救われた恩も忘れ、アスティナの偉業も忘れ去ろうとしておる。これでは彼女も浮かばれないと、そうは思わないか？」

ゴルトナージュが、シルヴィアへと視線を投げた。試しているのだろうか？　ゴルトナージュに軽んじられるのはごめんだ。楚々とした笑みを浮かべ、聖女らしく応えを返した。

「私たち祝片の子の力は、人々を救うためにあるもの。アスティナ様も、自らが救った人々が健やかに暮らしていることに、天の御園で微笑まれていると思いますわ」

「命を捧げてまで救ったのに、それだけで満足できるとでも？」

「はい。私もそのような思いで、かつて封印の儀に臨みましたから」

微笑とともに告げる。実際に命を賭したシルヴィアの言葉に、ゴルトナージュもそれ以上返すことはできなかったようだ。シルヴィアを睨むと、苦虫を嚙み潰したような顔になった。

（まぁ本当は、アスティナ様が何を思ってたかなんて想像するしかないわけだけど）

シルヴィア自身は、自らを認めて欲しいという、承認欲求の果てに命を捧げる選択をした。

アスティナが、どのような決意で命を削り瘴魔を浄化したかはわからなかった。

「死者の思いは、その死者自身にしかわからないものだ」

傍観に徹していた、アシュナードが口を開く。

「だが、そこのパリスのアスティナへの慕いようを見るに、敬意に値する人間だったのだろう。命を投げ出すこと、その全てを良しとするわけではないが、彼女の成したのは、間違いなく偉業だ。――――しかし同時に、人が年月の波にさらわれ、忘れやすいのもまた事実だ」

アシュナードは言葉を切ると、墓石へと視線を向けた。

「これからは毎年、私と王妃が、この日に祈りを捧げに来るとしよう。そうすればこのあたりの人間も、アスティナの偉業に再び目を向けることになるだろう。静かな弔いの場からはかけ離れてしまうかもしれないが、人々の記憶の呼び水にはなるはずだ。今年はひっそりと訪れたが、来年はあらかじめふれを出し、こちらを訪れよう。我が妃も、同行してくれるな？」

「えぇ、お願いいたしますわ」

来年も、アシュナードとこの場所を訪れる。

（一年後の約束かぁ、ちょっと不思議な気分ね）

シルヴィアは元々、封印の儀を行い深い眠りにつくはずで、人生は十七歳で終わってしまうはずだった。だがこれからは、この先は、何年何十年も日々の生活が続いていくのだ。

シルヴィアに待つ毎日は、夫であるアシュナードと歩むものになる。改めて実感し、宙を漂っていた足が地面についたような、それでいて少しだけ体が浮き上がるような感覚がある。

（そう、私は、この国で生きていく。生きていく以上は――）

よりよい明日がいい。せっかく、封印の儀から奇跡的に目覚めたのだから、十分に聖女として、そして王妃としての肩書を利用すべきだ。

「陛下、瘴魔との戦いに身を捧げた人間は、このアスティナ様以外にもこの国にたくさんいます。私は、彼ら彼女らの縁の地を毎年巡り、祈りを捧げていきたいですわ」

王妃の公務の一環として、国中を回る機会はあるはずだ。

どうせならその時、各地の教会を訪問しようと思い立つ。かつてそれぞれの地で奮戦した、祝片の子らの記憶を伝える手助けをしたかった。

（王妃である私が出向けば見物客が出て、人が集まり、お金が動く）

年に一度の訪れでも、定期的に訪問を繰り返せば、やがてそれは一つの行事となる。

元より国内巡行は、王侯貴族の役割の一環だ。ならばついでに教会の——ひいては教国にも益が回る形が望ましかった。

シルヴィアの提案に、アシュナードは目を細めた。

「検討しよう。具体的な行程や、訪れる地の選出は帰って考えるとして——」

アシュナードが言葉を切り、口を閉ざす。

「どうしたんですの？」

「足音だ。一人、二人——六人だな」

シルヴィアは耳を澄ます。程なくして、教会の表側から、六人の人間が走り寄ってきた。

（あ、あの人、前教会の前で文句言ってたおばさん）

農民らしい集団の中に一人、見覚えのある人間がいた。中年女性はパリスへと近づくと、まくしたてるように口火を切った。

「ちょっとあんた、こんなとこで何ぼさっとしてるんだい!!」

「な、何ですか？　すみません、そこの足をどけてください」

駆け寄ってきた人々の勢いにあおられ、墓前の花が宙を舞った。地に落ちた花を、農民らが踏み荒らす。鼻息の荒い集団に、パリスが眉を下げ困惑を表した。
シルヴィアも黙って見てはいられず、花を保護しようと腰を屈め——

「きゃっ!!」

中年女性らは、シルヴィアのことなどお構いなしだった。彼らに押され、地べたへと倒れこんでしまう。

「いたたたた……」

勢いよく転んだせいで、右ひざをぶつけ、すりむいてしまったようだ。

「花？　今はそんなこと言ってる場合かい!!　あんたも——」

「黙れ」

鋼のような、低い一喝が響いた。威をまとった声に、殺気立っていた女性らが身をすくませる。ただ一声でその場全ての人間の動きを止め、アシュナードが静かに唇を開いた。

「私の妃に膝をつかせるとは、相応の覚悟があるのだな」

「ひっ!?」

見下ろす金の瞳は凍えていた。中年女性がひきつった声を上げ腰を抜かす。

「き、妃!?　ということはあん、いえ、あなた様は、皇帝陛下!?」

顔を青黒くさせ泡を吹く女性を横目に、アシュナードがシルヴィアを抱え起こした。

「ありがとうございます、陛下。でも、その、少し、やりすぎなのでは？」

「花を――愛しい花を散らそうとする者には、容赦すべきではない」

アシュナードはシルヴィアに向けて呟くと、視線の刃を闖入者たちへと差し向けた。

「弔いの場と弁えず、乱入してきた理由は何だ？　私にも納得できるよう説明しろ」

「も、申し上げます!!　瘴魔が!!　瘴魔が出たんですっ!!」

「瘴魔だと？　それは虚言では無いな？」

「はい!!　林に薪拾いに行ってた村の人間らが、何人も目撃しております!!」

切羽つまった様子に、嘘の気配は感じられなかった。

（そんな、まさか、捕らえた男の情報は、次の瘴魔の出現場所を表してたってこと？）

唇を噛む。女性らは口々に、いかに恐ろしい目に遭ったかを語っている。幸い、今のところけが人は出ていないようだが、時間の問題のようだった。

女性らは舌鋒の矛先をパリスへと向け弾劾を始める。

「あんたら、瘴魔はこの先数十年は出ないって言ってたよなぁ!?」

「嘘だったのか!?　出まかせだったのか!?」

「この教会の赤髪の聖女ってやつも、ほらふきだったんじゃ――――」

「違います!!　彼女を侮辱しないでください!!」

耐えきれず、パリスが叫んだ。

しかし、人々は収まらず、責任を取れ、さっさと瘴魔を退治しろと言い寄っている。

「……醜いな」

吐き捨てるように、ゴルトナージュが呟いた。

（……とりあえず、皆を落ち着かせなきゃ）

先ほどのアシュナードの威圧のおかげか、シルヴィアに直接叫んでくる人間はいない。

これ幸いと、シルヴィアは精神を集中させ、浄化の光を立ち上らせる。

眩い輝きに人々の視線が惹きつけられ、罵声の雨が降りやんだ。

「皆様、安心してください。瘴魔が出ようとも、私がいる限り、指一本触れさせませんわ」

「おぉ………」

光が弾け、薔薇の花弁のごとく降り注ぐ。

幻想的な光景に、聖女様、聖女様がいるなら……と呟きが漏れる。

「今から、瘴魔を浄化しに参りますわ。瘴魔が目撃された林は、どちらの方向ですの？」

「あ、あちらの方です」

「ありがとうございます」

瘴魔の探知能力の範囲を広げる――いた。

（そんなに離れてはいないけど、歩いて行くんじゃ遅いわね）

馬車を出させるかと思案する。すると、計ったように門扉から、馬のいななきが響く。

黒髪を靡かせ、アシュナードが黒馬を走り寄らせてきた。

「馬車よりも、こちらの方が速い。乗馬の心得はあるな？」

「はい、一通りは――――きゃっ」

馬上からすくい上げられるように、馬の胴へと乗せられる。

気づいた時には、アシュナードに抱え込まれる形で、鞍上の人となっていた。

(早!! 高!! すごっ!?)

見事な早業に、周囲の状況も忘れ感激する。

(じゃなくて、早く行かなくちゃ!!)

「パリス様、私と陛下で、様子を見て浄化してきます。パリス様たちは、万が一に備えて、村の護りをお願いします!!」

「了解です!!」

パリスの返答を聞くや、アシュナードが馬腹をけり、拍車をかける。

「飛ばす!! 舌を噛むなよ!!」

「わかりましたわ!!」

背中に固い体温を感じながら、黒馬が勢いよく走りだす。

黒い軍服に包まれた姿と、金の髪を靡かせる二人が、一体となって駆けてゆく。

ごうごうと音を立て、景色が高速で後ろに飛び去る。アシュナードの乗馬技術はすさまじいの一言だ。先ほど、足音を感知したことといい、軍人としての優秀さがひしひしと感じられた。

（さすが、軍人から皇帝になっただけあるわね!! だったら私も、私の仕事をしないと!!）

行く先に意識を集中させる。

瘴魔との距離がみるみる縮まり、詳細な数と大きさも把握できるようになった。

（一、二、三……二十!? いきなり、こんなにたくさん!? 教会の『吹き溜まり』には、何も兆しがなかったのに!?）

明らかな異常事態だ。

瘴魔の気配、一つ一つは強いものではないが、行く手の林の、そこかしこにひしめいていた。

そしてそのいくつかは、間もなく林から出て、村へと下りてしまうかもしれない位置だ。

「陛下!! 一度馬を止めてください!!」

叫びのすぐ後、急速な減速。だく足になり、間もなく馬のあゆみが止まった。

「止めたぞ。何をするつもりだ？」

「ここから力を広げて、全部の瘴魔を浄化します」

「まだ、姿さえ目視できていないのに、できるのか？」

「できますわ、だって――――」

「聖女だから、か」

「……はい」

セリフを取られてしまい、うなずく。再び瘴魔探知の網を伸ばし、位置を把握した。

（これならいける‼）

一度に、これだけ広範囲に力を使えば、眠気に襲われてしまう恐れはある。

先ほど、広範囲に探知能力を使ったせいか、既に睡魔の波が迫っているような気もする。

だが――――

（アシュナードが、いる）

背中を預けられる相手がいる。たとえ眠りこけることになっても、アシュナードならば、無事王城に連れ帰ってくれるはずだ。

決断と決心は同時だ。すぐさま力を練り上げ、集約していく。光を縒り、対象への距離を想定し、全ての瘴魔を浄化する場面を想像し、

「光よ！」

解き放つ。

光は奔流となって駆け抜け、瘴魔が断末魔の叫びをあげ溶け消える。

力の残滓がほどけ、花の嵐のように舞い散るのを確認したところで――――

「……お休みなさい、陛下」

アシュナードの腕に背中を預け、シルヴィアは意識を手放したのだった。

小鳥の囀りが響き、シルヴィアの鼓膜を震わせた。賑やかな旋律は弾むよう。番を探し鳴く声は、鳥たちの恋の歌、初夏を彩る風物詩だ。もうそんな季節だったのかと考え、

(……うん？　今は、いつ？　私は何をしてたんだっけ？)

思い出すのは、背中を預けるたくましい感触と、饐えたような淀んだ瘴魔の気配で——

「そうだ、私はっ‼」

勢いよく身を起こす。

瘴魔の群れを浄化して、意識を失い、気づけば寝台の上だ。窓からは明るい陽射しが差し込み、小鳥の鳴き声が聞こえていた。

「朝、それとも、もう昼？　私、どれだけ眠って……」

特に体の不調や、空腹感は覚えなかった。おそらく、丸一晩眠っていたというところだろうか。目覚めを知らせようと部屋の入り口に向かったところで、扉が静かに開かれた。

アシュナードだ。顔色が悪く、ドアノブに手をかけたまま固まっていた。

「おはようございます、陛下。それとももう、こんにちはと——」

挨拶の言葉が、途切れる。きつくきつく、アシュナードに抱きしめられていた。

「へ、陛下？」

「っ、私は、また失ってしまったのかと…………!!」

アシュナードの声は、震えていた。正面から抱かれ表情は見えなかったが、初めて聞く声だ。

腕の力が強すぎ痛い程だが、その有り様に、文句を言う気にもなれなかった。

「心配をおかけし、申し訳ありません。もしかして私は、丸一日以上眠っていたのですか？」

「……六日だ」

「え？」

「おまえが瘴魔どもから村を守って、六日目だ。その間、一度も目を覚まさなかったんだ」

「そんな………」

飲まず食わずで、六日間眠り続ける。そんなこと、本来は不可能だ。

（それじゃまるで、封印の儀の後、眠り続けた時と同じじゃない……）

祝片の子が力を使いすぎると、昏倒することはある。しかし、六日も眠り続けた場合は衰弱し、餓死しなければおかしい。

だがシルヴィアの体に不調はなく、空腹感すら覚えていなかった。

（封印の儀の影響で、体に変化が起きていると考えるのが妥当かしら……）

仮説止まりだが、どちらにしろ、アシュナードに心配をかけたのは事実だった。

「陛下、私は大丈夫ですわ。どこも痛いところはありませんし、今すぐでも動き回れます」

「……ここのところ、時折眠気を感じていたようだが、もしかしてあれも、瘴魔浄化能力を使った反動だったのか？」

眠気について、隠していたつもりが、気づかれていたようだった。

「はい、おそらくそうですわ。封印の儀の副作用でしょうか？　本来なら目覚めるはずのない儀式ですから、どんな影響が出るか、誰にもわかりませんもの」

アシュナードの胸板に顔を押し付けられながら、口を動かした。

書類仕事をしていたのだろうか？　軍服からは、ほのかなインクの香りがした。

起き抜けの混乱が去るにつれ、頬が上気し、顔が赤くなるのがわかる。

「陛下、そろそろ放してもらえませんか？　一連の瘴魔騒ぎについて調べたいことが――」

「駄目だ」

「え？」

「外に出て瘴魔に会えば、浄化能力を使おうとするだろう？　また倒れたらどうする？」

「今度は眠りこまないよう、力を抑えて使いますわ。そうすればきっと大丈夫です」

「何故言い切れる？　前例がないんだ。何が起こるかわからない」

ひと際強く、抱きしめられる。それはまるで、溺れる人がすがるようで。

「おまえを失うことに、私は耐えられない」

「陛下……」

アシュナードの告白に、心臓が握りこまれたように痛みを訴える。

罪悪感か、あるいはそれ以外の何かが、シルヴィアの胸を締め付けていた。

「それにおまえは、もし瘴魔の群れに人が襲われていたら、躊躇なく強い力をふるうだろう？おまえは、そういう人間だ」

「それは……」

そんなことしません、とは言えなかった。

使うべき場面で力を使えず、人々に失望されるのは怖かった。役に立たないと、見捨てられるのは絶対に嫌だ。感情を隠し嘘をついても、アシュナードの前では通じない気がした。

「お約束は、できませんわ。でも、そういった事態にならないよう注意し、きゃっ!!」

寝台に投げ出され、アシュナードが覆いかぶさってくる。

黒い前髪が、こちらの鼻筋にかかる程近い。精悍なアシュナードの顔が迫っていた。

「注意して動き回るだと？　私一人振り払えない、そんな細腕でか？」

「……男である陛下に、腕力で勝てるわけありませんわ」

「そう、私は男だ。そしておまえは、私の妻だ」

アシュナードが唇を歪めた。見下ろされ、背に冷たいものが走る。

「陛下、お戯れはよしてください。今はそんなことより、瘴魔対策をするべきです!!」

「それは私の職務だ。おまえは私の妻として、ここで可愛がられるのが仕事だ」

「そんなことっ……!!」

聖女として、そして王妃としての責任を放り出すなど、シルヴィアにはできない相談だ。

役目を果たさないシルヴィアに、居場所が用意されるわけがない。

気まぐれな彼の好意に溺れ、他の全てを投げ出すなど、できるわけがなかった。

「できません!! 早く、こんなふざけた真似をやめてください!!」

「ふざけた真似、か。ならば、容赦なくやってみるか？ そうすれば、おまえも諦めるかな？」

「なっ!!」

容赦なく、何をするというのだろう。

アシュナードの指が、シルヴィアの顎を持ち上げ――――

「陛下、いらっしゃいますか。失礼いたします」

硬質な男の声が響いた。ノックの後に、部屋の戸が開く。ルドガーだ。

「瘴魔の件について、緊急の報告が入りました。お目通しを願います」

シルヴィアを組み敷くアシュナードを前にしても、ルドガーは動揺を見せなかった。表情はいつも通り眉間にしわのよった凶相だが、少ししわが深い気がする。

「……わかった。すぐに行こう。……おまえ、わざとだな？」

「十五年こじらせた思いを、一度の過ちで台無しにする姿を、見たくはありませんから」

ルドガーが淡々と言い放つ。本来、主君とその妻の寝室に入室するなど、許されていないはず。確信犯だ。

(た、助かった……)

アシュナードの下から身を引きはがし、息をつく。

ルドガーが何を思い、アシュナードの不興を買う危険を冒し踏み込んできたかはわからないが、あのまま進めば、取り返しのつかないことになっていたことだけは理解できた。

(ありがとうルドガー!!)

彼への認識を、ちょろいい人から、恩人へと格上げする。いつも刻まれっぱなしの彼の眉間のしわも、今はとてもありがたいものに見える。

感謝を込めてルドガーを見つめると、ぷいと視線をそらされてしまった。

「あまりそのような目で見ないでください。また、ややこしいことになりますから」

一日に三回の食事の配膳の他には、訪れる人も無い単調な生活。

アシュナードの宣告通り、シルヴィアは軟禁生活に逆戻りしていた。

（こんなところで、座っているわけにはいかないのに……）

あれから一週間。じりじりと炙られるように、焦燥の中時間だけが過ぎていく。

（外では今、何が起きているの？　瘴魔はどうなっている？）

一切情報が無く、気ばかりが急いた。

できたことと言えば、瘴魔感知能力を広げ、王宮内に瘴魔が潜んでいないか探ることだけだ。

（まさか、侍女として動いていた時に設置した聖水の瓶が、こんな時に役立つなんてね）

元々、城の要所には、アシュナードに頼んで、聖水入りの瓶を置いてもらっていた。それらは撤去されてしまったが、念のため別に、アシュナードらにも黙って、各所に聖水の瓶を隠しておいたのだ。聖水の効力は、月が一巡りする程の間続く。幸い、まだアシュナードにも見つかっていないようだった。

（今のところ、瘴魔の気配は感じられないけど……）

いくらシルヴィアの祝片の子としての力が強くても、引きこもっていては限界があった。

（……でも、収穫はあった。何度も探知能力を広げ、瘴魔がいると仮定して浄化能力を使ってみたことで、どれだけ力を使えば眠気に襲われるか、だいたいわかってきたわ）

以前のシルヴィアは、何十体もの瘴魔を浄化しても平然としていた。

だが今は、十体の仮想敵に対して浄化能力を使うとめまいを感じ、二十体あたりで、強い眠気に襲われてしまったのだ。

依然として、他の祝片の子と比べれば強力な力だが、かなり力の限界が低くなっている。

(もう一度、パリスのいる村で使ったのより強い力を使えば、どうなるかわからない。深い眠りに落ちて、今度こそ目を覚まさないかもしれない……)

シルヴィアは目を伏せた。

覚めることのない眠りへの恐怖。十五年前、封印の儀の前に味わったもの。

しかし今は、当時とは状況が違った。封印の儀に臨むことは、聖女になると決めてから、ずっと覚悟していたことだ。シルヴィアの人生は、十七歳で終わるはずだった。なのに奇跡的に眠りから覚め、その先があると知ってしまった。期待してしまったのだ。

アシュナードと二人で、この国で生きていく未来を思い描いてしまっていた。

(アシュナード……)

覆いかぶさられた感触が蘇り、体が震え出す。

アシュナードと本心から打ち解けることなど、期待していないはずだった。

なのに、シルヴィアの意思を無視され、こうして閉じ込められると、胸がずきりと痛んだ。

少しだけ、彼に認められた気もしたが、全ては錯覚だったのだろう。アシュナードにしてみたら、自分のものである王妃を気まぐれに構い、縛りつけようとしただけだったのだ。

(……いけない、アシュナードのことは、今考えるべきじゃないわ)

焦燥と怖れを散らすよう、深く息を吐く。

寝台でうずくまっていては、意識が暗い方へさまよい、落ち込んでしまうだけだ。

気分を切り替え、部屋の中をつま先立ちで歩く。こうすることで、ふくらはぎから大腿部の筋肉が鍛えられ、美しい立ち姿を保ちやすくなる。聖女らしい振る舞いは精神はもちろん、こつこつとした肉体的な訓練も大切だ。小気味よくリズムを刻むように、室内を歩き回る。

今シルヴィアが軟禁されているのは、最初に与えられていたのとは別の部屋だ。整えられた調度品は立派だがいささか狭く窓は無く、出入り口も一か所だけだった。部屋に連れてこられる際目隠しをされていたから、城内のどのあたりにいるかも不明だ。

おそらく、城のいずこかに設けられた、貴人を捕らえておく専門の部屋なのだろう。

以前より厳重さを増した軟禁だったが、シルヴィアもこの国に来た時のままではない。

――ふいに皮膚をざわめかせる、小波のような感覚が訪れる。

（きた!!）

波のような震えは、他の祝片の子が広げた、瘴魔探知能力との接触だ。不可視で無音の、波のような感触だが、祝片の子同士であれば、察知することが可能。シルヴィアが瘴魔探知の力を軟禁状態で使っていた、もう一つの理由でもある。探知能力を広げることで、他の祝片の子に、自身の居場所を伝えようとしたのだ。

瘴魔再出現を追う過程で、パリスを始めとした帝国内に赴任している祝片の子と、顔を合わせている。瘴魔が活発化してる今、彼らが王城に報告にやってくる機会も増えるはずと踏んでいた。彼らのうちの誰かに、自らの窮状に気づいて欲しくて、探知能力を使っていたのだ。

おおかたアシュナードは、シルヴィアが体調を崩し引きこもっていると発表しているのだろう。なのに本人であるシルヴィアが、城内で探知能力を使っていたら、疑問に思う祝片の子がいるはずだ。彼らの誰かがシルヴィアへの面会を求めるか、教国本国に異変を知らせれば、アシュナードだって、いつまでも無視はできないはずだ。

最悪、シルヴィアの軟禁を巡って、教国と帝国の間に対立が生まれる可能性もある。だが、瘴魔の大量出現を目にした今となっては、多少強引な手を取る必要があった。

肌に当たる探知能力の小波は、どんどん強くなっている。術者が近づいてきているのだ。

部屋の入り口の扉の鍵が回り、閂を外す音がした。

「シルヴィア様!!　やはり、シルヴィア様でしたか!!」

「パリス様!!」

入ってきたのは、金髪の青年神官一人だった。

「パリス様、お一人ですか？　誰か、この部屋を見張っていた兵がいたと思うのですが」

「一人いましたが、今はこちらを離れています。城の裏手の林で、瘴魔と見られる存在が確認されたようです。この部屋の見張りも、そちらに向かったのではないのでしょうか？」

「そうでしたの……」

軟禁から抜け出すには幸運だが、瘴魔の出現とは穏やかではない。

「シルヴィア様のおかげで、瘴魔は十五年前、この大陸から滅んだはずですよね？　なのに、この前の私の教会の村といい、今回といい、どうしてこんなことに……」

「……私にも、何故かはわかりません。でも、今はまず、瘴魔へ対処しなければなりませんわ。パリス様の知っていることを、お聞かせくださいませ」

パリスに質問をし、状況を手早くまとめていく。

どうやら、ここは城内の外れの、物置ということになっている一室らしい。

やはり、シルヴィアは公には体調不良で自室に引きこもっていることにされていたようだ。部屋を監視する兵も、任務の詳しい内容や、中に誰がいるかまでは知らされていなかったらしい。城近傍での瘴魔の襲来を聞き、兵は慌てていたという。そこにきてパリスは、瘴魔退治の専門家である祝片の子だ。さも瘴魔退治の責任者ですとばかりに兵を言いくるめ、ここから離れるよう指示し、ついでに鍵も借り受けたらしい。

「病と偽り、妃であるシルヴィア様を監禁するなど、アシュナード陛下も酷い仕打ちですね」

アシュナードへの不信感を隠すことなく、パリスが険しい声を出す。

「陛下のことを、簒奪者と罵る者たちも、あながち的外れでは無いのかもしれません。瘴魔をシルヴィア様が退治なされば、その分だけシルヴィア様の発言権は強くなるはず。陛下はそれを厭って、シルヴィア様を閉じ込めたんです。民の安全など二の次の、卑怯なやり方ですよ」

「……卑怯だなんて、仰らないでください。陛下にも、お考えがあるはずです」

「失礼いたしました。ですがやはり私は、陛下を尊敬することはできません」

シルヴィアを尊敬し崇拝するからこそ、蔑ろにするアシュナードが憎く見えるようだ。

憎しみの芽は、いずれ軋轢を生む。

アシュナードがシルヴィアを閉じ込めたのは、浄化能力の使い過ぎによる、昏睡を防ぐためでもある。が、その事実を、シルヴィアの弱みを、今パリスに話す余裕はなかった。

「……今は何より、瘴魔に対処すべきです。どれ程の数が目撃されているのですか？」

「私も直接見たわけではありませんが、耳に挟んだ分だと、軽く二十は超え、大量のようでした」

「そんなにたくさん……。城内や近傍に、祝片の子は今どれくらいいますの？」

「城の中には、私とシルヴィア様だけだと思います。帝都や近くの町には、何人かいるはずですが、すぐに駆け付けられるかは怪しいです」

「では、城の裏手の瘴魔のもとには、私が向かいますわ」

瘴魔に対して、兵たちの剣や槍は致命傷にはなり得ない。斬りつけることで動きを鈍らせても、すぐに傷がふさがってしまうのだ。そして祝片の子といえど、通常一度に浄化できる瘴魔は二、三体ほど。十を超える数に一人で対応するには、シルヴィアより他になかった。

「シルヴィア様が出てくださるなら、心強いです。ですが、いくら城の中が慌ただしいとはいえ、シルヴィア様は公には臥せっていることになっています。門番や衛兵に足止めを食らわず、城外に出るのは難しいのではないでしょうか？」

「その点は大丈夫です。抜け道を知っていますから」

「そうでしたか。無粋な心配をしてしまい、申し訳ありません」

「いえ、お心遣いありがとうございます。パリス様はどうします？　私とともに来ますか？」

「そうしたいところですが、難しいです。私は今日、任地での瘴魔出現についての報告のため、この城に来ているのです。いきなり城内から消えては疑われ、シルヴィア様の脱走にもすぐ気づかれてしまうかもしれません。それに万が一、別方向から瘴魔が城内に侵入しないとも限りませんから、ここに残り、警戒を続けたいと思います」

「わかりました。城の護りは、お任せいたしますわ。パリス様なら、きっと大丈夫です」

「ご期待に応えられるよう、精一杯頑張りたいと思います!!」

誇らしげに胸を張るパリスに、微笑みを返す。彼を残し歩き出すと、シルヴィアは瘴魔探知能力を使った。ここ数日行っていたのより強く、広範囲を探るよう、探知の波を広げていく。

(いた!!　ここからじゃ正確な数まではわからないけど、十、二十、もっといる!?)

更に情報を得ようと、探知能力を城外遠くまで広げようとしたところで、めまいが襲った。

(くっ……!!　前はこれくらい、何てことなかったのに!!　力の無駄遣いはできないわね)

向かう先で、何十体もの瘴魔を浄化しなければならないのだ。シルヴィアは瘴魔探知の力を収め、足を速めた。すれ違う人が時折振り返ったが、彼らも瘴魔出現に慌てているらしい。呼び止められ、深追いされることは無かった。彼らをしり目に城内を駆け抜け、目的地へと至る。以前、瘴魔を連れた不審者らが潜んでいた、隠し通路の入り口だ。

(良かった、周りに人もいないわね!!)

隠し扉を開ける仕掛けを作動させ、通路へと滑り込む。扉を閉め、暗闇の中、壁に手を当て進んでいく。このまま進めば、誰にも出会わず、城外へと出られるはずだったが――

(え、光?)

道の先、小部屋のある場所から、光が漏れている。先客だろうか? 足音を立てないよう近づき、そっと部屋の中の様子をうかがう。

(ゴルトナージュ枢機卿!? なんで彼がここに!? それに、あの腕に持っているものは――)

燭台の光を反射し、透明な輪が鈍く輝いている。中に液体が封入された、瘴魔を制御するための首輪だ。ゴルトナージュは首輪を手にし、剣を携えた数人の男に囲まれている。会話の内容は聞き取れなかったが、ゴルトナージュが男らに指示を出しているのがわかった。

瘴魔の出現と、居合わせたゴルトナージュ。瘴魔を従える首輪に、物騒な男たち。

アシュナードの記念式典、パリスの村の教会、今目の前の光景。瘴魔の出現する場所に、毎度ゴルトナージュの影があった。

(瘴魔を操っているのは、やっぱりゴルトナージュ……)

疑いを確信へと変え、シルヴィアは拳を握りこんだ。ゴルトナージュは枢機卿だ。彼が動いている以上、教国上層部もまた、今回の一件に関わっている可能性が高い。

教国の裏切り。無意識のうちに否定していた可能性に、強く唇を噛む。

ゴルトナージュが、なぜ敵である瘴魔を利用しているのかはわからない。

アシュナードを害し、帝国の国力を削ることで、何か利益が得られるのだろうか？

（それとも、瘴魔を出現させ、祝片の子に退治させることで、教国の地位をあげようと？）

ゴルトナージュは以前、祝片の子が軽視され、蔑ろにされていると憤っていた。

だがだからといって、自作自演の瘴魔退治など、許されるわけがない。

今すぐにでもゴルトナージュを問いただしたいが、多勢に無勢だった。

シルヴィア単身で部屋に飛び込んだところで、腕力でねじ伏せられてお終いだ。

悔しいが、今はこの場を離れるしかない。城外の瘴魔に対処するのが先決だ。幸い、小部屋は通路の横に口を開けているため、気づかれないよう通り過ぎれば、通路の外に出ることは可能だ。部屋の中の男らは話し合っているようで、注意は入り口から逸れているようだった。

覚悟を決め、速足で小部屋の前を横切る。

そのまま足音を立てないよう、すばやく小部屋から遠ざかり、先を急ぐ。

通路はやがて緩やかな上り坂になり、しばらくすると、足元が段差に突き当たる。闇の中、慎重に足元を探ると、階段があった。そして天井の方から、ぼんやりと四角い光が漏れている。

地上に通じる出口だ。

階段を上り、出口を塞ぐ金属製の蓋へと触れる。閂を外し、勢いをつけ押し上げた。光が差し込み、風が金髪を揺らす。周囲は背の低い草が茂り、広葉樹が立ち並んでいるのが見えた。城の裏手の、林の中に出たようだった。

(よかった。ここからなら、瘴魔は林の中にいるはずだから、すぐに駆け付けられそうね)

息をつき、改めて瘴魔の居場所を確認しようと、探知能力を使おうとしたところで――

「動くな。まさかと思ったが、本当に隠し通路を使い出てくるとはな」

「ひっ⁉」

右の首筋へと、音も無く白刃が突き付けられていた。

(アシュナード……‼)

金の瞳は凍えるように冷たく、怒りのせいか、顔色は青ざめていた。

いつもの傲慢なまでの余裕は影を潜め、暗い瞳でシルヴィアを射すくめている。

「陛下、剣を収めてください。私は、瘴魔を退治しに行かなければなりません」

「外に出ることも、浄化能力を使うことも禁じたはずだ。どうやって部屋を抜け出した？」

「聖女たるもの、脱走くらいお手のものですわ」

パリスの存在を明かすわけにもいかず、苦しい言い訳をする。

周囲に、アシュナードとシルヴィアの他に人影はない。

隠し通路でゴルトナージュの様子をうかがっていたことで、時間を食ってしまったらしい。

その間にシルヴィア脱走の報がアシュナードの耳に入り、捜しに来たということだろう。

「陛下、今は睨み合っている場合ではありません。一刻も早く、瘴魔に対処すべきです」

「瘴魔相手の指揮は、私が取る。おまえは城の中に戻れ」

「できません。瘴魔は何十体もいるのです。私が行かなければ、死人が出てしまいますわ」

「おまえが力を使って昏睡し、今度こそ目覚めなかったらどうする？」

「瘴魔から人々を救う、それが聖女の役割です」

言い放ち、アシュナードを見つめる。

「自分一人の身を惜しみ、人々を見殺しにする。そんな情けない聖女に、私はなるつもりはありません。人死にが出てからでは手遅れです。どうか、剣をどけてくださいませ」

突き付けられた刃への恐怖、目覚めぬ眠りへの恐れ。

それら全てを笑顔の下に覆い隠し、アシュナードに向かい宣言した。

覚悟を示すよう、歩き出そうとする。白刃が喉に触れ、食い込んでいく。小さな痛みとともに皮膚がさけ、赤い滴が珠を結んだ。

「っ……!!　おまえはまた、そうやって笑ってっ………!!」

うめき声をあげ、アシュナードがわずかに白刃を退いた。

シルヴィアへと突き付けた剣は震え、歯が食いしばられている。

剣で脅しても、監禁し閉じ込めても、シルヴィアが意志を曲げる気が無いと悟ったのだ。

苦悶するアシュナードに、わずかに罪悪感が浮かぶ。それでも、シルヴィアは足を止めなかった。剣先から体をそらし、あと少しで走り出そうとしたところで――

「ぐっ‼」

肉を穿つ、鈍い音。アシュナードの左肩に、背後から矢が突き刺さっていた。

「シルヴィア様、ご無事ですか⁉」

「パリス様⁉　何故ここに⁉」

木々の間から、弓矢を構えたパリスが姿を現した。

「やはりシルヴィア様が心配で、念のため弓を持って、外に出たんです。そしたら偶然、アシュナード陛下を見かけて、気になって追いかけたら、シルヴィア様に剣を突き付けるなんて、許せません‼」

「だからといって、いきなり弓を射かけるのはやりすぎですわ‼」

「っ‼　何故陛下をかばうのですか⁉　先に武器を持ち出したのは陛下ですよ⁉　この前だって、私の教会で瘴魔を退治したのはシルヴィア様だったのに、陛下は緘口令を出して瘴魔の出現自体を隠し、シルヴィア様の働きをなかったことにしたんです‼　あまつさえ監禁して、自由を踏みにじって、やりたい放題じゃないですか‼」

耐えかねたように、パリスが叫んだ。

弓矢は構えられたままで、矢の先端は、荒い息をつくアシュナードへと向けられている。

祝片の子は瘴魔退治の際、弓矢などの道具を用いることがある。聖水に浸した矢を放つことで、瘴魔をけん制するのだ。パリスもおそらく、そのために弓の修練を積んでいたのだろう。

シルヴィアを慕えばこそ敬意が暴走し、アシュナードへと敵意を向けているのだ。

（こうなったらもう、事情を話して、パリスに落ち着いてもらうしか……）

一刻を争う事態だが、仕方ない。

諦めて説明を始めようとしたところ、パリスとの間に、アシュナードの背が立ちふさがった。

「陛下、動かないでください!!　傷に響きます。パリス様は、私が説得しますから――」

「説得など無用だ。その男は敵だ」

シルヴィアをかばうように背中で隠し、アシュナードがパリスを睨む。

「偶然私を見かけ、追いかけただと？　このあたりは、今瘴魔が暴れているところから離れているし、城壁の出口からも距離がある。自然に足を運ぶような場ではない」

ならば何故、パリスはここへ来たのか？

シルヴィアを捜していたから。そしてシルヴィアが隠し通路を使うと予想し、その出口の様子を見に来たから。そう考えれば繋がるが――

「パリス様、どうして隠し通路の存在を知っていたのですか？　知っているのは陛下と私、ルドガー様、それに瘴魔を従えていた男らだけのはずです。つまり、あなたは――」

声が震える。アシュナード越しにパリスを見ると、困ったような笑みが浮かんだ。

「あぁ、残念。気づかれてしまいましたか」

「っ!! 瘴魔を利用し人を襲わせるなんて!! 何が目的なんですか!?」

「シルヴィア様のためですよ」

糾弾してなお、パリスは穏やかな笑みを浮かべたままだ。

かみ合わない会話に、シルヴィアの背を冷や汗が滑り落ちる。

(パリスまで裏切っていたなんて……)

シルヴィアは拳を握り、手のひらに爪先を食い込ませた。

今になって思えば、あっさり部屋から脱出できたのがおかしかったのだ。アシュナードが敷いた警備にしてはずさんすぎる。おそらくパリスは、穏やかならざる方法で警備兵を排除し、シルヴィアのもとへやってきたのだ。

「さぁ、シルヴィア様。早く瘴魔を退治しに行きましょう。皆、お待ちかねですよ?」

「瘴魔は、あなたたちが連れてきたものでしょう? 一体何を考えているんですの?」

「先ほども申し上げた通り、全てはシルヴィア様のため、その名誉と栄光のためです」

「私を真に思うなら、まずその弓を下げてくださいませ」

「それはできません。この男は不敬であり、邪魔者です」

パリスが弓を引き絞る。アシュナードは剣で、パリスは弓。双方の間には距離があり、アシュナードは利き腕を負傷している。次のパリスの矢が、致命傷になるかもしれなかった。

「光よ‼」

咄嗟にパリスに向け、瘴魔浄化の力を炸裂させる。

人間であるパリスには、ただ眩しいだけ。それでも、目くらましにはなるはずだ。

「陛下、こちらです‼」

しゃがみこみ、隠し通路への入り口の蓋を開ける。

アシュナードとともに駆け込み、蓋を閉める。閂を締めると、外からがちゃがちゃと音がする。

パリスは蓋を開けようと苦戦していたようだが、やがて諦めたのか静かになった。

（よかった、これで少しは時間が稼げそう）

パリスは先ほど、全てはシルヴィアのためだと言っていた。ならばこの隠し通路ごと生き埋めにしたり、火を放つといった策は使ってこないと思いたい。

ほっと一息をつくと、荒いアシュナードの息が気になった。

闇の中、アシュナードが壁に背を預け、ずるずると座り込むような音がする。

「陛下、大丈夫ですか――――これは⁉」

アシュナードに触れると、震えと、泥水に指を浸したような感覚が伝わってきた。

シルヴィアはアシュナードの体に手を添え、汚泥のごとき不快感の元を追った。一番強いのは、左の前腕部だ。シルヴィアは弱い浄化能力を発露させ灯りを作ると、アシュナードの左腕の軍服をつかみ、一息にまくり上げた。

「っ……!!」

腕を裂く、一筋の傷。切り口は浅いが、周囲の皮膚がどす黒く変色してしまっている。

「瘴魔の傷……」

「っ、見られてしまったか。先ほど死角から襲い掛かられてな。心配するな、かすり傷だ」

「強がらないでください!!」

瘴魔の爪牙による傷は、小さくとも人にとって猛毒で、激痛をもたらす。

アシュナードの動きが鈍かったのは、矢傷だけではなく、瘴魔の毒に侵されていたからだ。

アシュナードの顔色が悪かったのは、シルヴィアの脱走に対する動揺だけではない。痛みと消耗を隠し、必死に平静を繕っていたからだ。いつものシルヴィアなら、もっと早く瘴魔の傷跡の発する気配に気づいたはず。迂闊な自分を、シルヴィアは殴りたくなった。

「ごめんなさい！　私のせいでっ……」

シルヴィアがアシュナードの傍にいれば、瘴魔の不意打ちを許さなかったはずだ。肝心な時にアシュナードを守れないなんて、聖女としても妃としても失格だ。

「謝るな、全ては、私の油断と力不足のせいだ。おまえは何も悪くな、っ」

アシュナードが歯を食いしばった。屈強な軍人である彼は、瘴魔の毒に耐え動き回っていたのだろうが、新たに矢傷を負ったことで、体力の限界を迎えてしまったのだ。

「しゃべらないでください！　今、体内の瘴魔の毒を浄化して、いたっ!!」

傷口に添えた手を、痛い程強く握りしめられる。

「力を使うことは禁じる。そう言ったはずだ」

「そんなこと言っている場合ではありません!!　陛下の命がかかっているんですよ!?」

「――私は、おまえを失う方が怖い」

「なっ!?」

自身の命より、シルヴィアを失う方が恐ろしい。

思ってもいなかった言葉に、シルヴィアの動きが止まった。

「な、何を言っているんですか陛下!?　どうして、そんなにも私のことを――」

頬に、アシュナードの指が触れる。

優しく触れる手つきに、冷えた指先に、シルヴィアは息をのんだ。

アシュナードは愛おしげに、シルヴィアの頬を撫で呟いた。

「私は、おまえの笑顔が見たい」

「いきなりなんですの？　笑顔なら、私、いつだって――」

「違う。欲しいのは、聖女としての笑顔、心を隠すための笑いではない」

アシュナードの瞳は、毒と、それ以外の何かに侵されたかのように、熱く燃え盛っていた。

「聖女だから、妃だから、おまえが欲しいのではない。聖女の肩書など不要だ。おまえがおまえである限り、私にはおまえが必要だ」

「っ…………!!」

心の中心を、射貫かれてしまったようだった。

聖女ではなく、シルヴィア自身が欲しいと言われたことが。

そして何より、そう告げてくれたのがアシュナードであることが。

嬉しくて切なくて誇らしくて――――泣きたくなってしまう。

(だ、駄目！　泣いちゃ駄目。今はそんなことしてる場合じゃないものっ!!)

慌てて気を引き締めなおし、アシュナードを見る。

もはや口を開く気力もないのか、ぐったりと壁に寄りかかっている。

焦りにかられ、周囲を見回した。皮膚を粟立たせるような瘴魔の気配が、先ほど通ってきた地上への入り口から漂ってきていた。パリスが瘴魔を使い、その牙で入り口の戸をこじ開けようとしているのかもしれない。

瘴魔探知能力を地上へと向けると、二十体近くの瘴魔の気配がある。そいつらがここになだれ込んできたら、今のアシュナードではひとたまりもなかった。

(だったら、私のやることは決まっているわ)

怖れと、覚悟と、悲しみ。荒れ狂う感情に蓋をし、アシュナードの傷へ意識を集中した。

アシュナードの腕に舌を這わせ、傷口から血を吸いだす。恥ずかしさに顔を赤くしつつ汚れた血を体外へ排出すると、今度は瘴魔浄化の力を全身へと向けた。血流にのって広がった毒を、光とともに清めていく。

「んっ……」

アシュナードの顔色が良くなり、閉ざされていた瞼が持ちあがる。

「おま、え、力を使ったな……？」

「陛下の体内の瘴魔の毒は、全て浄化いたしました。じきに動けるようになるはずです。そうしたら通路を向こう側に進んでください。ゴルトナージュ枢機卿と鉢合わせして、襲ってくるかもしれませんが、陛下一人なら切り抜けられるはずです」

「一人で、だと……？　おまえはどうするつもりだ？」

「私はここで、王城近辺の瘴魔全てを浄化します」

「っ、駄目だ‼　そんなことをすれば昏睡し、もう目覚めないかもしれないんだぞ⁉」

「全て承知の上です」

アシュナードから離れ、瘴魔の正確な位置を捉えるため、探知能力を広げていく。

（もう眠くなってきたわね）

今日は何度も力を行使したせいか、既に睡魔が訪れている。この状態で、瘴魔を一気に浄化する程の力を使えば、今度こそ深い、覚めない眠りへと落ちる。そんな予感がした。

（でも、それでも私は、アシュナードを失いたくない）

シルヴィアが大切だと、失いたくないと告げてくれたアシュナード。

彼のことをどう思っているのか、実は自分でもよくわからなかった。

それでも、聖女として、そしてシルヴィアとして、彼を見捨てることはできないのはわかる。

彼に出会うことができたのは、シルヴィアが聖女だったから。ならば最後まで聖女らしく、王城を侵す瘴魔を浄化し、その役割を果たしたかった。

強い浄化の光を纏ったシルヴィアの姿が、白く眩く暗闇に浮かび上がる。

「――――やめろっ!!」

アシュナードがうめき、体を起こそうとする。瘴魔の毒から回復しきっていないせいで、壁に手をつき立ち上がるので精一杯のようだ。強い睡魔に襲われる頭で、最後に彼へと微笑みかける。

「――――光よ!!」

浄化の力を瘴魔らへと、叩きつける。

二十八体、その全てに直撃し、消滅する手ごたえがあった。

成果を確認し息をつくと、シルヴィアはぐらりと身をよろめかせた。

傾ぐ体が、固い腕に受け止められるのがわかった。

「……お休みなさい、陛下」

できることなら、まだこの先を生きていきたかった。

だがアシュナードに抱きしめられ眠るなら、その夢はきっと、良いものになると信じられた。

抗えない眠気に瞼が落ち、意識が闇へと溶けていき――

「――リーザっ!!　目を開けろっ!!　また私を置いていくつもりなのかリーザっ!!」

「――はい？」

急速に眠気が吹き飛んでいく。

リーザ――耳に飛び込んできた本名に、思わず返事をしてしまう。

金の瞳は見開かれ、今にも泣きそうなのを我慢しているようで――

「……………リーザ？」

茫然と、アシュナードが囁いた。

浄化能力の残滓が黒い髪を照らし、瞳に反射し煌めいている。

「……………ラナン君？」

シルヴィアの唇から、呟きが零れ落ちる。

記憶の中の面影と、目の前のアシュナードの顔が重なる。

髪の色が違う、性格も違う。

だが、ラナンは金の瞳の、整った顔立ちの美少年だった。

彼が美しく、そして男らしく成長した様を想像する。

そこへ性格を捻くれさせ口を悪くし目つきを鋭くすれば――アシュナードだ。

ハーヴェイとラナンしか知らない、リーザという名を呼んだのが、何よりの証拠だった。

(あ、あの優しく健気なラナン君がアシュナードに!?)

頭蓋骨を、直に鈍器で殴られたような衝撃を感じた。

「私の可愛いラナン君は、どこに行ってしまったの……?」

「何を言っているんだおまえは。ラナンはここにいる私だ」

ぶつぶつと呟くと、怪訝そうなアシュナードの声が返ってきた。

ラナンと同一人物であると認めた彼に、シルヴィアは勢いよく叫びだした。

「詐欺よ!! 成長詐欺じゃない!! どうすればあの純真で母親思いのラナン君が、あなたみたいな威圧感たっぷりの大男になるのよ!?」

「おまえは、小柄な男の方が好みだったのか? それとも、少年しか愛せない性癖なのか?」

「性癖!?」

いきなり何を言うのだ、この性悪男は。

ラナン君はそんなこと言わない――――思い出とのギャップに打ちのめされ、シルヴィアの思考が停止した。

「おい、固まるな。おまえは今の私のことが認められず、そんなに嫌いなのか?」

「大嫌い……ではないけど、今はそういうことじゃなくて……」

落ち着け自分と、深く息を吸い吐きだした。

「……アシュナードはいつ私が、妃で聖女である私が、リーザと同一人物であると疑い出したの？　リーザとして接していた時は、私が聖女であるなんて、おくびにも出さなかったはずよ？　なのに、どうしてわかってしまったの？」

「え、そんなに早くから、私がリーザじゃないかって疑ってたの？　嘘ついてない？」

「聖女であるおまえと出会って、しばらくしてだ。もっとも――確信を持ったのは、おまえがこの王城で変装した侍女のしゃべり方が、かつてのリーザとそっくりだった時だったがな」

「心外だな」

アシュナードはくっと小さく笑うと、シルヴィアの瞳をのぞきこんだ。

「どれ程表面が変わろうと、おまえはおまえだと、そう感じ取っていただけだろう」

「っ……‼」

まっすぐな言葉に、含まれる熱に、頬が赤くなるのがわかった。

(何よこれっ⁉)

胸の動悸が収まらない。アシュナードがラナン君と同一人物という衝撃で、おかしくなっているのだろうか？　紅潮する顔を誤魔化すよう、シルヴィアは口を開いた。

「わ、私の聖女としての振る舞いは、楚々とした口調は、それはもう完璧だったはずよ？」

「いや、そうでもないぞ？　確かに、上面は整っていたが、発言内容に気の強さが表れていたし、行動力に溢れているところといい、本質的にリーザの時と変わらなかったぞ？」

「そんなこと……」

ない、とは言い切れなかった。

今までの聖女としてのシルヴィアは、養父とラナンをのぞき、誰かと深くかかわることはしなかった。アシュナードとの帝国での日々を思い返すと、無礼な彼につられ、幾度も舌戦を繰り広げた記憶がある。

聖女らしい言葉遣いを心掛けていたつもりだが、行動に地が出ていたのは間違いない。

(だ、駄目じゃない、私……)

十年ものの猫があっさり見破られていたと知り、頭を抱え落ち込む。

自己嫌悪に沈むシルヴィアへと、アシュナードが追い打ちをかけてきた。

「おまえ、今だってリーザの時の口調になっているじゃないか。自分で思っているほど、猫を被りきれていないと思うぞ?」

「……あら、なんのことでしょう? 私、全く心当たりがありませんわ」

アシュナードの指摘に、なかばヤケになって口調を切り替える。

ほほほと上品に笑ってみせると、アシュナードが人の悪い笑みを浮かべた。

「その変わりっぷりは、素直に面白いな。いじりがいがあっていい」

からかわれていたと知り、シルヴィアの額に青筋が立つ。

「私を、おもちゃか何かだと勘違いするのはおやめください」

「猫をじゃらすのは楽しいからな」

誰が猫だ。そう反論しようとし、思いとどまる。

ラナン君の衝撃で忘れていたが、今は口喧嘩をしている場合ではない。

「陛下、お体はもう動きそうですか？　毒の影響は、そろそろ抜けきったと思うのですが」

「あぁ、全快とは言えないが、問題ない。おまえの方こそ、睡魔は大丈夫なのか？」

「えぇ、なぜか、少しも眠くありませんわ」

シルヴィアは首を傾げる。

「どうして、綺麗さっぱり眠気が消え去ってしまったのでしょうか？　陛下には、何か心当たりがありませんか？」

「いや、さっぱりだ。封印の儀の当事者であるおまえこそ、思い当たることはないのか？」

「そう言われましても……」

目覚める条件は、アシュナードに触れられたから。それだけでは、帝国に来てから何度も睡魔にあらがえなかった説明がつかない。違いは何かと、もう一度先ほど目覚めた時を思い返す。

印象に残っているのは、リーザと呼ぶ、切実なアシュナードの声だった。

「リーザと、そう呼ばれたから？　でも、陛下が私をリーザであると確信したのは、つい最近なのよね？　これじゃ、教国で十五年ぶりに目覚めた時の説明がつきませんわね……」

「いや、おそらく正解だ。名前を呼んだからだ」

「え？」

「あの時、花嫁として眠り続けるおまえを見た時、私は思ったんだ。リーザに似ている、と。心の中だけで止めたつもりだったが、口に出ていたのだろうな」

リーザ、と。呼ぶ声がくすぐったくて。

眠っていた自分を呼ぶアシュナードを想像してしまい、シルヴィアは恥ずかしくなった。

「そ、そうでしたの。でも、そんなに早く気づいていたなら、なんでつい最近まで、私がリーザであると確信が持てなかったんですの？」

「……花嫁とリーザが同一人物など、都合がよすぎると思ったからだ」

「都合がいい？　どういうことですの？」

首を傾げる。思い悩むシルヴィアを、ふいにアシュナードが抱き寄せた。

「へっ？」

驚き固まっていると、頭上から轟音が響く。

通路内全体が揺れ、天井から細かな石片が降り注いだ。

通路の出口側――階段のあったあたりが崩落し、外から光が差し込んでいた。

入り口をふさぐ扉ごと、火薬で吹き飛ばされたようだった。

(乱暴なやり方ね。もし生き埋めになったら、どうしてくれるのよ？)

警戒心を引き上げ、階段の方を睨みつける。

もうもうと立ち込める粉塵の向こう側から、剣と槍で武装した男らが現れた。

「お怪我はありませんか？　シルヴィア様」

「パリスっ!!」

名前を呼ぶと、嬉しそうに微笑まれた。

敵対しているにもかかわらず、やけに好意的な態度が、逆に恐ろしかった。パリスの後ろには、十名ほどの、王城警備兵に扮した男が従っている。シルヴィアが瘴魔を消し飛ばしたから、今度は人間の兵を連れてきたようだ。

「お待たせしてすみません、シルヴィア様。今その男から、解放してさしあげますね」

「私は、そんなこと望んでません!!　話を聞いて――――」

「ほう、やはり狙いは私か。好都合だな」

シルヴィアの前へと、アシュナードが進み出る。

「私から王妃を奪おうとは、いい度胸だ。かかってくるがいい」

腰に佩いた長剣を抜き、アシュナードが刃の笑みを浮かべる。

アシュナードはシルヴィアに視線をよこすと、パリスらへと剣を向けた。

「私はもう、小さなラナン君とやらではない。ちょうどいい機会だ。証明してやろう」

「っ!!」

力強い言葉と視線に、そんな場合ではないのに、心臓が甘く跳ね上がる。

シルヴィアを一瞥すると、アシュナードは男らへと駆け出した。

石片の転がる悪条件をものともしない、力強い疾走だ。

たちまち男の一人を降すと、二人目へと斬りかかる。

人数の不利をものともせず立ち回り、一人、二人とどんどんと数を削っていった。

(強いわね。これで本調子じゃないって、どんだけなのよ)

武術は専門外のシルヴィアにもわかる、圧倒的な剣さばきだった。

卓越した技量と、それを身に付けるための修練量に感嘆する。

見とれていると、男らの中で立っているのは、パリスだけになっていた。

「くっ!!」

苦し紛れにパリスが放った矢を、アシュナードがあっさりと弾き飛ばす。

パリスは背後へと飛び退り、アシュナードを睨みつけた。

「さすが、簒奪帝は容赦ないですね」

「誉め言葉と受け取っておこう。降伏する準備はできたか?」

「お断りです」

パリスは懐から短剣を取り出すと、自身の喉へと突き付けた。

「パリス!! やめてください!!」

「ありがとうございます、シルヴィア様。こんな時でもお優しいのですね」

シルヴィアの悲鳴を聞き、パリスが剣を止めた。

「でも、私のことはご案じにならないでください。私が帰らなければ、仲間が帝都の四方から瘴魔を放つ手はずになっています。シルヴィア様はその瘴魔を退治し、名誉をお受け取りくださいませ」

「どうして？　何故そんなことをするのですか？　瘴魔とは、私たち祝片の子の、そして人類の敵です。瘴魔をけしかけ人を襲わせるなど、言語道断ですわ」

「だって、人は忘れてしまうじゃないですか」

悲しげな表情でパリスが言った。

「シルヴィア様の封印の儀のおかげで、瘴魔は大陸から消え失せました。ですが、消えたのは瘴魔だけではありません。人はやがて、瘴魔から守ってくれていた、祝片の子への感謝も忘れました。シルヴィア様も見たでしょう？　近隣の誰一人訪れない、赤髪の聖女様の墓が、今のこの国の、大陸の人々の意識を表しています」

「瘴魔を再び世に放ち、祝片の子への敬意を、人々に思い出させようと言うのですか？」

「はい、その通りです」

「間違っています。そんなことのために、罪のない人を犠牲にするのは許されないことです」

「許されないのは、命を救われながら、その恩を忘れ生きる人間です」

「――許せないのは、おまえ自身だろう？」

冷めた声色で、アシュナードが口を開く。

憐れむような視線が、パリスへと向けられている。

「おまえが本当に許せないのは、赤髪の聖女の死を阻止できなかった、自分自身だろう？　結局のところ、憧れていた女を失った悲しみを受け止めきれず、八つ当たりしているだけだ。そんなことをしても、赤髪の聖女は何も嬉しくないと思うぞ」

「黙れ。赤髪の聖女様の内心を、おまえのような人間が語るな」

「そう、その通りだな。死者の思いなど、誰にもわからないものだ。勝手に崇められ凶行の動機にされ、赤髪の聖女もいい迷惑だろうな」

「死者は語り得ないからこそ、彼女の存在を忘れさせないため、私が動くんです」

言い切るパリスの瞳には、夢見るような、危うい光が宿っている。

「赤髪の聖女様は優しく、明るく、朗らかで素晴らしい方でした。そんな彼女を忘れるなど、許されることではありません。そして赤髪の聖女様と同じように、シルヴィア様も慈愛にあふれた素晴らしいお方です。そのシルヴィア様を軟禁し虐げるような陛下に、私を断罪する権利はありません」

「パリス、それは勘違いです、陛下は私のために――――」

「シルヴィア様、そろそろお別れです。この後放たれる瘴魔を退治し、その名を、この国の人間に刻みなおしてやってください」

「やめてっ‼」

パリスの手が、強く剣の柄を握りこむ。

アシュナードが走るが、まだ距離があり、間に合わない。

惨劇を覚悟したシルヴィアの耳を、甲高い金属音が穿った。

「‼」

パリスの短剣に弓矢が当たり、首筋から逸らされていた。

突然の事態にも怯むことなく、生じた隙へ、アシュナードがパリスへと踏み込みをかける。

「がっ‼」

鮮やかな剣さばきで短剣を弾き飛ばし、返す刃で、パリスの胴を峰打ちにした。

くずおれたパリスに、シルヴィアの背後から――隠し通路から出てきた男が駆け寄り、取りおさえていった。

「捕縛のための協力に感謝しよう、アシュナード陛下」

後ろからかけられた低い男の声に、シルヴィアは慌てて振り返る。

ゴルトナージュ枢機卿と、剣を構えた四人の男が、隠し通路から歩み出てきた。

「ゴルトナージュ様、あなたは、パリスらの仲間ではなかったのですか⁉」

「……勘違いだ。そんな事実はない」

「じゃあなぜ、瘴魔制御のための首輪を手にし、隠し通路の小部屋にいたんです？」

「あれはパリスら一味の痕跡を辿り、証拠を捜索していただけだ。アシュナード陛下にも、その件は了承いただいている」

「え？」

初耳だ。アシュナードに視線をやると、うなずかれる。

「枢機卿の言う通りだ。パリスの教会でおまえが昏倒した後、枢機卿の方から接触を図ってきた。教国の人間が瘴魔の件に関連してると見て、調査を指揮していたそうだ」

「つまり、記念式典の時の怪しい動きも、パリスの教会に居合わせたのも……」

調査の一環、ということだ。紛らわしいことこの上ない。

「なるほど、それでシルヴィア様は、私のことを疑っていたのか。人を犯人扱いするなら、まず裏付けを取るべきだと、学んでいただきたいですな」

鼻を鳴らし、ゴルトナージュが棘を刺す。

(ぐっ、やっぱり私、この人苦手だわ……!!)

犯人ではないとわかったが、やはり嫌いなものは嫌いだ。

ゴルトナージュはアシュナードと、パリスらの処分について話し合っている。

何はともあれ、これで事件は幕引きだ。

そう胸を撫でおろそうとしたところに、鐘の音が鳴り響く。

一回、二回、そして間をおいて一回、二回と。

　定期的に撞かれる鐘の音が聞こえる。しかも一つではない、北と南、そして西側からも、止むことなく鐘の音が鳴っている。

（こんなに鐘が鳴らされるなんて、もしかして……!!）

　ゴルトナージュ枢機卿とアシュナードが、パリスを睨みつけていた。

　当のパリスは、顔を青ざめさせている。

「そんな、おかしいです。瘴魔を解き放つのは、私が丸一日帰らなかった後の手はずです。そうすれば、準備を整えたシルヴィア様に、退治していただけたはずです。なのに、なんで今⁉ これじゃあ、なんの意味もありません！」

「おまえの仲間も、一枚岩ではないということだろう」

　アシュナードが冷ややかに切り捨てる。

「この隠し通路は、私でさえ存在を知らなかったものだ。知っていたのは先代の皇帝と、それにゆかりのあった、大貴族の家くらいだろう。この国の貴族にも、おまえたちの協力者がいるんだろう？　そいつらの狙いは瘴魔による私の暗殺か、瘴魔による死傷者を出し、私の治世に揺さぶりをかけることだ。祝片の子の復権や、私の王妃の活躍の場など、知ったことではないのだろう」

「くっ……!!」

　パリスが悔しそうにうめく。思い当たる節があるようだった。

シルヴィアにも心当たりがあった。以前、瘴魔はアシュナードの近辺でも出没していた。あれは隙あらばアシュナードに襲いかからせ、亡き者にしようとしていたのだ。

アシュナードの治世の妨害、および彼の暗殺を狙う帝国内部の人間と、シルヴィアに瘴魔を退治させ活躍させようとしたパリス。両者は協力関係にあったが、パリスが前者に裏切られたということだ。こんなはずじゃなかったと呟くパリスへと、シルヴィアは問いを発した。

「そちらが用意した瘴魔は、どれ程の数がいますの？」

「……二百体程です。馬車に載せて運び、少しずつ時間をずらし、帝都の四方で解放する予定でした。それら全てを、順番にシルヴィア様に退治していただこうと思っていたんです。そのために、帝都の各地に、聖水入りの瓶も設置してあります。でも、いくらシルヴィア様とは言え、これだけの数、広範囲に散らばる瘴魔を一度に相手にするのは――――」

「できますわ」

「はい？」

面食らったように、パリスが声をあげた。

「パリス、あなたは十五年前、当時の私が瘴魔を退治したところを、直に見たことはないでしょう？　聖女としての真価を、その目に焼き付けてさしあげます」

半分は強がりだ。封印の儀の前の、万全の状態であっても、大きな都市一つ丸ごと覆う程の範囲で浄化能力を使ったことは、数えるほどしかなかった。聖水の補助があるとはいえ、消耗は相当に大きいはずだ。

不安を隠しつつ立ち上がると、右腕がアシュナードにつかまれた。

「本当に、おまえ一人でやるつもりなのか？」

「えぇ」

止めても無駄だと、言外に宣言する。

腕にかかる力が、より一層強くなった。

「それは、大丈夫だと確信があるからか？　それともまた、命を投げ出す覚悟で――」

「陛下がいるから、大丈夫です」

確信をこめ、告げる。

先ほど目覚めたのが、リーザと――本名を呼ばれたおかげかは、まだわからない。

わからないが、アシュナードがいてくれるなら大丈夫だと、そう信じることができた。

何度眠りの淵に落ちたって、彼がいれば戻ってこられると、信じることができたのだ。

「……その言い方は、卑怯だ。……頑固者め」

「私の頑固さは、十五年も前からご存じでしょう？」

「あぁ、そうだな。けれどこの国では、私しか知らないことだ」

アシュナードは瞳を細めると、じっとシルヴィアを見つめた。

「約束しろ。必ず、目を覚ますと。もし、目を覚まさなかったら――おまえの猫かぶりを、大々的に国中にばらしてやるからな」

「はいっ⁉」

真面目な顔で、一体何を言い出すのだ。

「な、何でそんな、ふざけたことを……？」

「ふざけた脅しでも、おまえには効くだろう？」

「うっ………」

「その反応、おまえやはり、眠り続けるかもと思っているのか？」

「そ、そんなことありませんわ‼」

聖女嘘つかない。正直者です信じてください。

乾いた笑いで誤魔化し、アシュナードから目をそらす。

(これは何としても絶対に、絶対に目覚めなきゃっ‼)

本当は少しだけ、眠りから戻ってこられないかも、という恐れはあった。

眠り続けることになっても、アシュナードの腕の中でなら、と諦め混じりに覚悟していたが、これは是が非でも、意地でも目を覚まさないとまずかった。

「陛下、手を握っていてくれますか？　私が眠りそうになったら、名前を呼んでください」

「あぁ、わかった。だが、もし目覚めなかった場合は全力で、ありとあらゆる手を使って、おまえの誇りと尊厳を踏みにじってやるから、覚悟しろよ」

酷い言い分だ。こんな男に、本当に身をゆだねて大丈夫か、と一瞬不安になるが、この捻くれた口と性格こそがアシュナードだと、妙な安心感もあった。

「陛下は変わりませんわね。………ラナン君の時とは大違いですけど。どうしてこうなったのでしょう……」

「何か言ったか？」

「いえ、何も。――――では、始めます」

シルヴィアは息を吸うと、細く長く吐き出した。

吐息がどこまでも漂っていくような、そんな想像にのせ、瘴魔の探知能力を広げる。

（あ――――）

眠気を感じ、ぐらりと身が傾ぐ。

アシュナードに抱き留められる感触とともに、声が耳に入った。

――――リーザ、と。

囁きは甘く、たちどころに眠気が吹き飛んでいく。

（………目は覚めるけど、これ、恥ずかしいわね!!）

覚醒作用が真名を呼ばれたせいか、それとも精神的動揺のせいか、わからなかった。

――――どちらにしろ、眠りに落ちなければそれでいい。

そう強引に納得すると、瘴魔の探知能力を広げるのに集中する。

遠く遠くへ、聖水の置かれた場所を経由し、探知の腕を四方に伸ばす。

やがて淀んだ気配が、いくつも蠢いている場所にぶつかった。

(これが、パリスの言っていた瘴魔ね)

確認すると、今度は浄化の力を練り上げる。

帝都の四辺に及ぶ距離と、二百を超える瘴魔の群れ。

普通の祝片の子では、十人がかりでも難しい条件だ。

(聖女の実力、見せてやろうじゃないの)

眠気に襲われながらも、そのつどアシュナードの声に呼び戻され、力の精錬を続けていく。

これ程の規模で力を使うのは、今までなかったかもしれない。

だが、封印の儀の前の感覚を思い出せば、いけるはずだ。

アシュナードに出会い目覚めてからは、全力で力を使う機会が無かった。力を使いすぎると眠りに落ちると気づいてからは、無自覚のうちに出力を落としていたような気もする。

(でも、今は違う。私の力が必要で、アシュナードもいてくれるんだもの。失敗するわけにはいかないわ)

やりとげなければ、そしてやりとげて目覚めなければと、強く誓う。

思いのままに、濃く強く力を凝縮させ、制御し——解放する。

「わあっ!!」

あがった歓声は、誰のものだろうか。

力は光となって立ち上り、天高くで四方へと散らばると、標的へと向かい弾けた。

瘴魔のことごとくが浄化された手ごたえを感じ、シルヴィアは微笑んだ。

「リーザ、よくやった。見事だ」

アシュナードの声が、柔らかく耳朶を打つ。

リーザというのは、かつて一度は捨てた名前だ。その響きに、あまり良い思いはなかったが、今はその名が、呼んでくれるアシュナードの声が、何よりうれしかった。

シルヴィアとアシュナード、寄り添う二人に、淡い光が舞い下りる。

力の残滓が雪のように——あるいは薔薇の花弁のように儚く、人々の上へと降り注いだ。

「冬薔薇の、聖女様……」

光に手をかざし、パリスが子供のように呟いた。

——その日帝都に舞った光の花弁は、聖女シルヴィアの名を更に高めるものとなった。

帝都を襲った瘴魔の群れを、ただ一人で撃退した希代の娘。

夫であるアシュナードに支えられ、奇跡の御業をなした冬薔薇の聖女。

仲睦まじい二人は祝福され、聖妃シルヴィアと国民に慕われるようになったのであった。

終章　そしてこれからの日々について

降り注ぐ光に感動するパリスらを横目に、張本人のシルヴィアは風情なく愚痴っていた。

アシュナードに名前を呼び続けてもらったおかげか、幸い睡魔は晴れている。

しかし強い力を使った反動か、全身がだるく、泥のように疲れ切っていた。

（まぁ、これくらいなら、昔から強い力を使った後はこうだったし、一晩寝れば戻るかしら）

遠慮なくアシュナードにもたれかかり、楽にする。

他人からは、仲睦まじく寄り添っているように見えるだろうが、実態はこんなものだ。

脱力しつつ周囲を見渡すと、熱心にこちらを見つめる、パリスと視線がかち合った。

（そうだ、どうせなら……）

シルヴィアはにっこりと笑うと、アシュナードから体を離し、パリスへと歩み寄った。

体のだるさを微塵も感じさせせない滑らかな歩みだ。手足を縛られたパリスと目を合わせ、膝をついてしゃがみこむ。

（ふぅ、眠気は無いけど、肩凝ったわね……）

部屋に帰って、思いっきり寝台に飛び込みたくなる。

「パリス、どうでしたか？　瘴魔が浄化される光を見て、あなたは何を感じましたか？」

「素晴らしかったです!!　想像以上でした!!　あの光景を見れば、人々もより一層シルヴィア様を称え、祝片の子のありがたさを実感して――」

「黙りなさい」

甲高い音が、パリスの頬で弾ける。

全力で頬を張り飛ばしたシルヴィアは、呆然とするパリスを見下ろしすごんだ。

「ふざけるんじゃないわよ。あなた、自分が何しようとしたかわかってるの？」

「せ、聖女様がぶった!?」

「えぇ、殴らせてもらったわ。瘴魔を解き放つなんて、馬鹿なことをしようとした報いよ」

「で、ですがこれも、全ては聖女様の名を高めるためで……」

「私を出しにして、赤髪の聖女様への思いを暴走させるのはやめてちょうだい」

思いっきり睨みつけると、パリスが口をぱくぱくと開閉させた。

「聖女様、乱心されたのですか？　その口調は一体……」

「私はこっちが素よ。それと、もう一回口を閉じてくれない？　アシュナードを殺そうとしたこと、私、許してないわよ。まだむかむかするから、ついでにもう一発殴らせてちょうだい」

「え、な、そんな、八つ当たりじゃないです――ぐはっ!!」

勢いよくパリスの顔が吹き飛ぶ。

赤くなった頬を晒し、パリスがわけがわからないといった様子で呆けていた。

「あなた、私のことを理想の聖女だって、褒めてくれたわよね？　それは私の演技のたまものよ。敬意を向けてくれてたことは嬉しいけど……でも、本当の私はこんなものよ」

「シ、シルヴィア様……」

「人に自分の理想を投影して、暴走するのはやめてちょうだい。あなたには、人の上辺だけしか見えていないわ。アシュナードについても誤解よ。彼が私を閉じ込めていたのは、私の身を案じてのものでもあったの。あなたの行動は全て、迷惑でしかなかったのよ」

「そんな……」

憧れのシルヴィアに全否定され、あまつさえその本性を暴露され、パリスは息も絶え絶えだ。

「私がしたことは、全て無駄だったと、意味が無かったと……？」

人が精神に影響を受けやすいのは、心が弱っている時だ。

シルヴィアの素の口調と荒々しい行動は、強い衝撃となりパリスに襲いかかった。妄執に凝る彼の目を、確かに外に向けさせることに成功したのだ。捨て身のやり口だが、暴走するパリスの考えを変える方法を、シルヴィアは他に思いつかなかった。

「そうね。私にとってあなたのしたことは、全て意味が無かったわ。そして赤髪の聖女様に対しても、あなたは彼女を貶めることしかしていないわ」

「そんなこと、ありません。私は、赤髪の聖女様の名が忘れられないよう、瘴魔への危機感を人々に刻み付けようとして……」

「本末転倒よ。瘴魔から人々を救うため彼女が命を落としたのに、また人々を瘴魔の危機に陥れるなんて、裏切りに他ならないじゃない」

「ですが、そうしなければ、人々は赤髪の聖女様のことを忘れてっ……!!」

「そうね、確かにあなたの計画がうまくいけば、人は彼女のことを忘れないかもしれないわ。でもそれは、彼女の名前だけが残るということよ」

「名前だけ?」

「瘴魔浄化に命を捧げた、尊い赤髪の聖女様。人の記憶に残る情報は、その程度のものよ。彼女が生前、どんな声で喋りどういう風に笑ったのか――。それを覚えていられるのは、パリスや、直に彼女に接した人間しかいないわ」

「それは……」

「そんなあなたが、赤髪の聖女の名を残そうと罪を重ねても、彼女はきっと喜ばないわ」

「っ……」

パリスが顔をうつむける。

彼の妄執を、解きほぐすことができたのかはわからない。

皇帝であるアシュナードに刃を向け、大罪を犯した彼の処遇がどうなるかもわからなかった。

たとえ彼が改心したところで、罪の重さに苦しむだけかもしれない。

――それでも。彼がかつて、シルヴィアに向けていた敬意は本物だった。もしその思いが偽物であれば、もっと早く、彼が敵だと気づいていたかもしれない。だからこそ、彼に道を誤ったまま、終わって欲しくはなかったのだ。

うなだれるパリスから視線を外す。周囲を見ると、ゴルトナージュの配下の兵が気まずそうに、そしてどこか怯えた目でシルヴィアを見た。

「皆様、どうされたんです？　何を見たんですの？　人を殴り怒鳴り散らす聖女の姿なんて、誰も見てはいませんでしたよね？　ね？　何も見なかった。そうですわよね？」

この場で見たシルヴィアの本性は口外するなと、釘を刺しておく。

笑顔で圧力をかけていると、二つの笑い声がした。

一つは、予想通りアシュナード。そしてもう一つは、ゴルトナージュのものだった。

「……何を笑っているんですの？」

「いや、実に小娘らしい、威勢のいい姿だと思ってな。小娘は小娘らしく、そうやって感情を表に出す方が似合っている」

「まぁ、何のことでしょうか？」

すっとぼけつつ、内心首をひねる。

お得意の嫌みかと思ったが、ゴルトナージュの声は、いつもより柔らかかった。

『――このような、まともに口もきけない小娘が聖女になるなど、間違っている』

彼に、かつて言われた言葉を覚えている。小娘らしさ全開だったシルヴィアを否定した彼が、なぜ今朗らかに笑っているのか、理解することができなかった。

「ははっ、相変わらずゴルト君の好意はわかりにくいねぇ」

「な、この声は⁉」

能天気な、人を食ったようなこの声は。

木々の間から、シルヴィアの養父であるハーヴェイが姿を現した。

「やぁシルヴィア、久しぶり。光の元をたどってきたけど、全部終わった後かな？」

「ハーヴェイ様、あなたがなぜ、今ここに？」

「ゴルト君から、いよいよきな臭くなったと聞いてね。僕なりに急いでかけつけたつもりなんだが、どうも少しだけ遅かったみたいだね」

はははと、気の抜けたような声でハーヴェイが笑う。

全身の怠さをより強く感じながら、シルヴィアは養父へと問いかけた。

「ハーヴェイ様の事情はわかりました。ずっと以前から、ゴルトナージュ様と協力関係にあったのですか？」

「本格的に仲良くなったのは、君が十五年前眠ってからかな？　君のいない生活は静かすぎてね。僕も年甲斐もなく、友人作りに力を入れることにしたわけさ」

「私は、おまえの友人になったつもりはない」

苦虫を噛み潰したように、ゴルトナージュが渋面となった。

「あれは友人作りなどではなく、教国内での発言権を強めるための人脈作りだ」

「嫌だなぁ。君を友人だと思う気持ちは本物だよ？」

「黙れ、狸爺」

「はは、君は口が悪いね。そんなだから、シルヴィアにも誤解されてしまうんだ」

「あの、ハーヴェイ様、誤解とはどういう……？」

「シルヴィア、君、ゴルト君に嫌われていると思っていただろう？」

「はい。ゴルトナージュ様は幼い頃の、言葉遣いもままならない私の姿を見て、聖女には相応しくないと仰いました。だからてっきり、軽蔑され嫌われているのかと……」

「違う、違う。彼が嫌っていたのは、ちっぽけな小娘、ただの子供でしかない君が聖女にならざるを得なかった、その状況自体だよ」

「え……？　それは、どういうことですか？」

シルヴィアはゴルトナージュを見た。

「……その狸爺の言う通りだ。たまたま強い浄化能力を持っていたからといって、小娘一人に聖女になり世界を救えと強要する世界も、それを止められない大人も、全て間違っていると思ったからだ」

『――このような、まともに口もきけない小娘が聖女になるなど、間違っている』

その言葉の真意がそんなものだったなんて、知らなかった。

「………ゴルトナージュ様は」

「パリス？」

今まで下を向いていたパリスが、ぽつりと言葉を零した。

「ゴルトナージュ様にはかつて、娘さんがおられたと聞いています。娘さんも祝片の子であり、強い力の行使のせいで、亡くなってしまったと聞きました。だから、赤髪の聖女様の墓参りにも毎年来てくれていたんです……」

「そうでしたの……」

シルヴィアの身を案じたのも、亡くなった娘を重ね合わせていたのかもしれない。

（それにしてもわかりにくいというか、言葉足らずというか……）

誤解されやすいと評価した、ハーヴェイの言葉に深くうなずかざるを得なかった。

（まぁでも、あのわかりにくい態度が原因で、今の私があるわけだし……）

ゴルトナージュになじられたと誤解したからこそ、必死に聖女らしい振る舞いを身に付けたのだ。それを思うと、ある意味ゴルトナージュは恩人でもある。自由気ままな養父に翻弄される姿に、同情と共感を覚えるのも確かだった。

「ハーヴェイ様、ゴルトナージュ様への誤解は解けましたわ。ですからそろそろ、本当にここに来た目的を教えてもらえませんか？　何か、果たすべき役割があったからこそ、この国まで来たのではないのですか？」

「それなら、今君の顔を見たことで果たされたよ」

「どういうことですの？」

「言葉通りさ。君は強い浄化能力を使った後も、眠り込むことなく喋っているんだ。つまり君は、アシュナード陛下に、本当の君の名を呼んでもらえたんだろう？」

「どうしてそのことを、ハーヴェイ様がっ？　やはり私が眠りから覚めたのは、真名を呼んでもらえたからなのですか？　それを知っていたのだったら――」

――何故私の真名を知っていたハーヴェイ様は、私の真名を呼ぶこともなく、十五年間も眠らせ続けたの？

訳が分からず混乱するシルヴィアに、ハーヴェイが穏やかな目を向ける。

「僕では、力不足だったからだよ」

「力不足……？」

「そもそも、代々の聖女が目を覚ますことが無かったのは、どうしてだかわかるかい？」

「それは……」

考えてみれば、おかしな話だ。名前を呼ぶ、ただそれだけが条件なら、誰一人目覚めなかったのは不自然だ。

「もしかして、彼女たちが起きることを、望まれていなかったから……？」

「正解だ。世界を救った聖女という肩書は、強烈すぎる。彼女らが封印の儀の後も目覚め活動していては、教国の権力は、全て聖女が握るようになってしまう。そうなることを、歴代の教国上層部の人間は嫌ったんだろうね」

「だからといって、眠らせ続けるなんて……」

「そう、ひどい話だ。だが残念ながら、それが僕たちの国が行ってきた歴史だ。そんなバカげた仕組みに、君の将来を潰させたくは無かったが、僕では力不足だった。もし僕が、君の真名を呼び目を覚まさせたところで『聖女は人目を避けた寝室でひっそりと眠り続けている』ということにされ、二人とも秘密裏に殺されていた可能性が高い」

「そんな、いくらなんでもそこまでするなんて……」

「シルヴィア、教国の闇は深いんだ。今回のこの国での騒動だって、教国の深い部分が関わっているはずだ。教国の人間は、誰より瘴魔について知り抜いている。今回、瘴魔が異例に早く再出現したのも、瘴魔を制御する技術道具も、元を辿れば教国に行きつくからね」

滔々と、ハーヴェイは教国の裏の顔を語った。

いわく、教国の暗部には瘴魔の制御方法、養殖方法についての知識が蓄積されているらしい。

その技術を応用することで、十五年前の封印の儀の影響をすり抜け、瘴魔を確保することができたのだ。彼らはその瘴魔と、制御技術をパリスらへと与え、今回の騒動で糸を引いていたのだという。

知らなかった自国の闇に、シルヴィアは肩を震わせた。

聖女として、教国の様々な面を見てきたつもりだが、甘かったらしい。

「まぁ、今回はだいぶ派手に動いてくれたから、黒幕の尻尾も掴めそうさ。手がかりを元に、根絶やし目指して頑張ることにするよ。そこで流れる血くらい、被る覚悟はできているからね」

何食わぬ顔で、ハーヴェイが物騒な宣言をした。

気圧されるまま、シルヴィアは口を開いた。

「……ハーヴェイ様の事情はわかりました。ですがでしたら何故、私はアシュナード陛下のもとに嫁がされたのですか？　何を目的に、どこから企みは始まっていたんですか？」

「始まりは、十五年前かな」

十五年前、シルヴィアはアシュナードと――――ラナンと交流を重ねていた。養父であるハーヴェイも、シルヴィアの変装とお忍びは黙認していた。だが万が一があってはならないと、ラナンの素性を調べたらしい。

結果、彼の名はレドナス・バロールという、帝国貴族の次男であることがわかった。

「レドナス？　誰ですのそれ？　どういうことですの？」

「そこらへんは、アシュナード陛下に直接聞いた方が早いんじゃないかな？」

水を向けられたアシュナードが、淡々と淀むことなく話しだした。

「私は、身代わりだったのだ。私の生家には、逆らえない主君筋の貴族の家があった。そこの次男が教国におもむくはずが、異国に行かせるのを母親が嫌がってな。代わりに、金髪のレドナスのふりをして、私が教国に向かったのだ」

「そうでしたの……」

ラナンの頭を撫でようとして、そのたびに嫌がられたのを覚えている。あれは、万が一にもカツラがずれ、変装がばれてしまうのを恐れていたのだ。

思い返せば当時のアシュナードは、頑なに自分の素性を明かそうとしなかった。ラナン君と呼ばせていたのも、嘘の名前を教えるのが嫌だったのだろう。それに、レドナスとして教国に留学してきていた以上、アシュナードの母親が死んだからと言って、葬式のため国に帰ることができなかったのも納得だ。

「ですがすみません、なぜそこから、陛下との結婚にまで話が飛躍するのですか？」

「うん、やっぱりそこが気になるよね。次に僕が彼と出会った時、彼は皇帝陛下になっていたんだ。驚いたよ。レドナス君は帝国に戻った後病死したと聞いていたのに、死んだはずの彼が、全くの別人としてやってきたんだからね。まぁ、昔とかなり雰囲気が違ってたから、彼がかつてレドナスを騙っていたと気づいたのは、教国上層部で僕だけだったみたいだけどね」

教国を訪れたアシュナード。彼の動向を監視していたハーヴェイは、アシュナードが人を――リーザの消息を捜していることに気づいたという。

「まさか彼が、リーザに会いに行くという、幼い頃の約束を果たしに来るなんて、びっくりだったよ。そしてだからこそ僕は、彼に賭けてみることにしたんだ」

ハーヴェイの計画はまず、アシュナードにシルヴィアとの婚姻をもちかけることだった。

アシュナードは最初渋ったが、眠れる花嫁との婚姻が、他の王妃を娶るまでの時間稼ぎになると説得され、首を縦に振ったという。

「君が陛下のもとに嫁ぎ庇護を受ければ、教国の暗部も、簡単には手出しできないと思ったんだ。だが少し、順序が狂ってね。君が、陛下の捜している女性と同一人物であると告げる前に、うっかり君が目を覚ましてしまったんだ」

焦った焦ったと、ハーヴェイが頭をかいた。

「本当は、君が帝国に到着し、陛下の万全の警護が敷かれた状態で、君の目を覚まさせるつもりだったんだ。なのに君は陛下と顔を合わせてしまうし、すぐに帝国に行ってしまうしで、告げる機会を失ってしまったんだ」

「でしたら、早く真相を告げてくれればよかったじゃないですか」

「人づてでは、どこで漏れるかわかったものじゃないからね。君が目を覚ましたことで教国はてんやわんやだったから、僕が直接説明することも難しくなったんだ。しばらく、陛下に君を任せてみることにしたんだが、陛下が君の正体に気づくかどうかは、五分五分だったね」

「あの、それは、あまりにも、いい加減すぎるのでは……？」

「柔軟な対応だと言ってくれ。一応、陛下が君の正体に気づくきっかけになるよう、昔君が使っていたカツラを送ってみたりしたんだよ？」

「あれはそういう……」

養父は、シルヴィアの性格をよく知っている。自分で動きたがるシルヴィアが、かつてラナンとお忍びで会っていた時の変装をすると、そう予想していたのだろう。

それにハーヴェイのことだ。この場で種明かしをしていないだけで、様々な事態に備え、準備をしていたに違いない。肯定するように、ハーヴェイが笑い皺を深くした。

「ま、結果良ければすべてよし、というやつだね」

「結果良ければ、か」

アシュナードが皮肉気に笑い、唇を開いた。

「もし私がシルヴィアを蔑ろにし、政治の駒として扱うようなら、貴様は私を排除するよう糸を引いただろう？」

「ははっ、僕にそんな権力はないよ。怖い顔をしないでくれたまえ」

のらりくらりとかわすハーヴェイに、ゴルトナージュが狸だな、と吐き捨てた。

ハーヴェイはとぼけた笑いを浮かべつつ、困惑するシルヴィアを見た。

「シルヴィア、今君は幸せかい？」

世間話のような口調だが、片眼鏡の奥の瞳は、彼には珍しく笑っていなかった。

「もし陛下のもとにいるのが嫌なら、帰ってくるといい。今回の件で教国の洗濯もだいぶ進んだし、君が望むなら、僕は離縁に協力するよ。また一緒に教国で暮らさないかい？」

「私は……」

シルヴィアは唇を湿らせた。

「幸せかは、まだわかりません。でも、陛下と二人、来年も帝国の地を巡る約束をいたしました。ですから今は、教国に帰る気はありませんわ」

勘違いと政略と、様々なものが絡みあった結婚だ。

だが、それでいい。始まりは何であれ、シルヴィアはアシュナードを――かつてのラナン君でもある彼を、大切に思っているのは確かだ。

アシュナードと二人、より良い未来を作れるよう、ともに歩んでいきたいと思った。

「……そうかい、残念だな」

ハーヴェイは笑うと、アシュナードへと向き直った。

「では、彼女を頼んだよ、陛下。今度会う時には、彼女が胸を張って、幸せだと言えるようにしてやるといい。それだけが、僕の望みだからね」

それからの数日は、嵐のように慌ただしく過ぎ去っていった。

アシュナードは瘴魔騒動の対策に追われ、シルヴィアも功労者として、毎日あちらこちらに引っ張りだこだ。

そして今日もこれから、大きな行事があった。

（この衣装、似合っているかしら？）

純白の練り絹で包まれた指先を見る。

シルヴィアがまとっているのは、輝くばかりに白い花嫁装束だ。

レースで縁取られたベールに、真珠の縫い付けられたドレスが合わせられている。

金の髪は結い上げられ、胸元には「冬薔薇の聖女」の名にあやかる白い薔薇。

帝国に来てすぐ軟禁されていたせいで行われなかった結婚式を、改めて挙げることになったのだ。瘴魔は退治されたとはいえ、帝国の人間の間では不安が広がっている。パリスらを捕らえて以来、新たな瘴魔の目撃報告はないが、怖れが沈静化するには、まだまだ時間が必要だ。

だからこそその、シルヴィアの結婚式だった。民衆の動揺を鎮め、シルヴィアの——聖女の健在を印象付けるために、これ以上ないタイミングだ。

控室で装身具を整えていると、静かに扉が開いた。

「準備は整ったか？」

「陛下……」

儀式用の華々しい軍服に身を包んだアシュナードの姿を、シルヴィアはじっと見つめた。

心が浮つく。切なく、それでいてじんわりと胸が温まるのがわかった。

「陛下、ご立派です……。大きくなりましたね」

「なんだ、いきなり？」

「私、不思議だったんです。なぜ陛下を見るとこんなに、心が揺さぶられるのかと……」

アシュナードの顔を見上げる。かつては見下ろしていた旋毛が、今は少しも見えなかった。

見つめるシルヴィアの瞳を、アシュナードが静かに受け止める。

絡む視線に、高鳴る鼓動。答えを確信し、シルヴィアは唇を開いた。

「気づいたのです。これが——姉の気持ちなんですね」

「……姉、だと？」

シルヴィアの答えに、アシュナードの声が一段沈み込んだ。

シルヴィアは気づくことなく、胸の内を吐き出していった。

「私にとってラナン君は、昔の陛下は、弟のような可愛らしい存在だったんです。そんな弟が、大きくなった姿を見て、弟の成長を喜ぶ姉の気持ちがわかった気がします」

「それがおまえの、浮き立つ心の理由だと？」

「はい、そうですわ。私は家族がいませんでしたから、気づくのが遅れてしまったんです」

「おまえの身の上は聞いている。だが、だからといって、なぜそうなるんだ……」

うめくようにアシュナードが言った。面白くなさそうな顔をしている。

「どうしたんですか、陛下？　やっぱり悔しいんですか？」

「私が何を悔しがるんだ？」

「私が陛下とラナン君が同一人物だと、先に無意識に気づいていたことです。陛下は私がリーザであると確信が持てなかったようですが、私のこの胸騒ぎは、封印の儀から目覚めてすぐに感じていましたわ。つまり私の方が、先に同一人物だと気づいていたんです」

自身の人物眼を誇るように、シルヴィアは胸を張った。

そう、初めからだったのだ。

眠りから目覚めた後、アシュナードと名乗る彼に会った時。

いけすかない人間と思うと同時に、確かに心がざわめいたのを覚えている。

警戒心、緊張感とも違うその胸騒ぎ。当時はわからなかったが、今なら断言できる。

あれは無自覚のうちにアシュナードにラナン君の面影を認め、懐かしさを感じていたのだ。

(さすが私。一目見た時から正体を勘づくなんて、優秀ね！)

胸を騒がせる正体を探り当て、すっきりとした気持ちになる。

晴れやかな心持ちでいると、くつくつと笑うアシュナードの声が耳に入った。

「再会した最初の時から、心が騒いでいた、か……」

「そうですわよ？　何かおかしいところでもあるんですの？」

「随分と的外れな、そのくせ直球な告白だと思ってな。実におまえらしいよ」

「？　言っている意味がわかりませんわ？」

「わからないなら、それでいい」

じっくりと、その感情を自覚させるのも面白い。

呟いたアシュナードの言葉は小さく、シルヴィアの耳には届かなかった。

「……念のため聞くが、私が眠り続けていたおまえを花嫁に選んだ理由について、どう理解している？」

「陛下は誰とも結婚なさるつもりが無かったから、他の婚姻話を避けるためでしょう？」

「ならば、なぜ私はそもそも、花嫁を迎えようとしなかったと思う？」

「それは……」

シルヴィアは言葉をつまらせた。

アシュナードは律儀に幼い頃の約束を果たそうと自分を、リーザの行方を捜していたという。

リーザ捜索に集中するため、結婚に傾ける余力を厭った？

アシュナードがリーザを恩人と慕い、大切に思っていたのは、リーザである自分を失うことを恐れていたことからもわかっている。だがそれだけでは、独身を貫くには少し弱い気がした。

（あ、そうか。ラナン君はまっすぐで純真な子だったもの。あの頃の欠片が、陛下の中にも残っているのなら……）

花嫁を迎えるなら、心から愛せる人をと。

アシュナードはそう考え、まだ見ぬ最愛の人を待ち続けていたのかもしれない。

そう思い至り、シルヴィアの胸に鈍い痛みが走った。

(何かしら、これ？　弟が立派に育ち、結婚相手を見つけようとしていたなら、姉は祝福すべきよね？)

なのになぜこんなにも、胸が締め付けられるのだろう。

本来アシュナードの最愛の人がいるべき場所に、不可抗力とはいえシルヴィアが収まってしまった罪悪感だろうか？

悶々と思い悩んでいると、アシュナードの指が顎先にかかった。

「その感情の名を、教えてやろうか？」

「え、それはどういう――――」

返答は、唇に訪れた。

アシュナードに深く口づけされ、シルヴィアは目をみはる。

味などしないはずが、不思議に甘く。

蕩けるような感覚にあえぐと、唇を離したアシュナードが意地悪く笑った。

「これでもおまえは、私を弟分と言いはるのか？」

「な、な、なっ……‼」

意味のない呟きを零し、シルヴィアは言葉を失った。

弟から姉への、ちょっとしたいたずら――と言うには、どう見ても行き過ぎている。

口づけの意味、アシュナードの言葉、鳴りやまない胸の鼓動。

それらが導き出す答えが、熱を帯びる頬の意味がわかりそうで、でも知るのが怖くて。

頭が茹だり固まっていると、挙式の開始を告げる鐘の音が聞こえた。

「おや、もう時間だな。客を待たせるのも悪いから、急ぐぞ」

「ちょ、ちょっと待ってください!!　今の口づけは一体――」

「おまえは今日の式の主役だ。主役が思い悩んだ顔をしていては、困るだろう？　だから、驚かせて、気を紛らわせてやろうと思ってな」

「ば、馬鹿なのっ!?　そんなことのためにあんな――っ!!」

思わず素の口調に戻り、シルヴィアは絶叫した。

からかわれていたと知り、恥ずかしさで頭がごちゃ混ぜになる。

悔しさに身もだえするシルヴィアを、アシュナードが満足そうに見つめた。

「……今は、その程度の反応でも十分だ。時間はたっぷりとあるのだからな。――さぁ、行くぞ。おまえは、私の花嫁なのだからな」

私は、アシュナードの花嫁――

その一言に、心が跳ねる。

――その感情の名を、シルヴィアはまだ知らない、わからない。

わからなかったが――とりあえず今は、アシュナードと二人で。
式場へと歩き出すことにしたのだった。

――ちなみに。

何故、シルヴィアがリーザであると気づいた時に、アシュナードが自らこそがラナンと同一人物であると、そう告白しなかったかと言うと。

可愛い弟のような存在、として扱われていたのがコンプレックスだったからだと言う。

力強い、頼れる男性になりたいと願った彼にとって、あの頃の自分は葬りたい過去らしい。

そんな子供のような、他愛のない意地にふきだしたシルヴィアだったが、

「おまえの猫かぶりよりましだ」

と言われたことで、今日も今日とて、舌戦を繰り広げるのであった。

あとがき

初めまして、あるいは、お久しぶりでしょうか？　秋月かなでです。

この本はデビュー作に次いだ二作目、望まぬ結婚から始まる西洋風ラブファンタジーとなっています。外見儚げ中身は強かな美少女ヒロイン、軍服をまとった傲慢なヒーロー、ステンドグラスに薔薇の花と、今作も趣味を詰め込み楽しく書かせていただきました。

挿絵を引き受けてくださったのは、麗しい美男美女を書かれる北沢きょう先生です。いただいた表紙ラフは、主役二人の表情などイメージぴったりで、完成版を見るのが楽しみです。

そして、編集様。本作の執筆途中で、担当の編集様が交代となったのですが、前・編集様、現・編集様のお二人からそれぞれに貴重なアドバイスをいただいたおかげで、本作を書き上げることが出来ました。編集様のご提案で、本作の番外編を、カクヨムという小説サイトに掲載させていただいています。侍女姿のシルヴィアとアシュナードの甘い小話となっていますので、お楽しみいただけたら幸いです。

最後に、この本に関わってくれた皆様に感謝を。またお会いできる日をお待ちしています。

秋月かなで

「眠れる聖女の望まざる婚約 目覚めたら、冷酷皇帝の花嫁でした」の感想をお寄せください。
おたよりのあて先
〒102-8078 東京都千代田区富士見1-8-19
株式会社KADOKAWA 角川ビーンズ文庫編集部気付
「秋月かなで」先生・「北沢きょう」先生
また、編集部へのご意見ご希望は、同じ住所で「ビーンズ文庫編集部」
までお寄せください。

眠れる聖女の望まざる婚約

目覚めたら、冷酷皇帝の花嫁でした

秋月かなで

角川ビーンズ文庫 BB119-2 21141

平成30年9月1日 初版発行

発行者———三坂泰二
発 行———株式会社KADOKAWA
〒102-8177 東京都千代田区富士見2-13-3
電話 0570-002-301(ナビダイヤル)
印刷所———旭印刷 製本所———BBC
装幀者———micro fish

ISBN978-4-04-107337-7 C0193 定価はカバーに表示してあります。